GAEA

Gaea

2

還沒找到狗狗

Telepathy Agency

Unsolved Case

通靈事務社

星子

●REC

978-986-319-933-5

通靈事務社 2

Contents

Telepathy Agency_Unsolved Case_Records

CASE# 01
夢裡的女人

這次的案件委託人是一家人力仲介公司老闆，姓吳。

吳老闆近兩個月，三天兩頭夢見同一個女人。

夢裡的女人會踢他打他、拔他頭髮、咬他手腳。

吳老闆每次痛醒或是嚇醒後，都會發現枕頭上留下一堆頭髮，是他自己的頭髮。

吳老闆一口咬定夢中的女人，是他們公司前員工，似乎有些精神方面的問題，時常與同事和客戶起衝突。

該員工半年前意外過世，或許怨恨老闆和主管當初在她與客戶起衝突時，沒有力挺她，因而死後怨氣不散、化作厲鬼，騷擾全公司。

吳老闆還說，他們公司幾乎每個人都夢見過這位前同事，每個人都很害怕，拜託本社親自前往他們公司驅鬼，可是——

通靈事務社社長謝初恭左手捏著錄音筆，右手按著滑鼠，望著螢幕上電子郵件收件匣裡一封信件，正是人力資源公司吳老闆寄來的諮詢信件。

半小時前，謝初恭和吳老闆通過電話，約定明天登門拜訪這家位於外縣市的人力資源公司。

「本社長總覺得有點不對勁……」謝初恭輕按著滑鼠，游標不停在這封郵件上的附件檔案上繞著圈圈，像是猶豫著不知該不該點開附件檔案——

其實他剛剛已經點開過了。

是那位過世女員工的半身照片，面貌像是東南亞籍，年紀僅二十來歲，笑容親切。中文名字是「嬌娜」。

「吳老闆這間人力資源公司，在經濟部網頁上登記的是旅遊業耶……」謝初恭放開錄音鍵，轉動電腦椅，整個人轉向鄰桌的文孝晴，說：「專家，妳怎麼看？」

文孝晴瞥了謝初恭一眼，淡淡說：「等明天到他們公司，親眼看過才能知道情況，現在要怎麼看……對了，你有沒有和對方說，我們不是道士、法師，不會降妖伏魔、不辦法事，只能和鬼魂溝通談判。」

她這麼說時，將面前的筆記型電腦轉向謝初恭，螢幕上正是女員工嬌娜的半身照片，一旁還開著一個文字檔案，詳述女員工基本資料，甚至連生辰八字都有。

謝初恭一見照片，立時將身子轉回辦公桌，像是有些忌諱直視亡者雙眼。

「我覺得呢，這些細節到時候碰面再說比較好，在電話裡用講的，委託人很難理解。」

「嗯。」文孝晴也不置可否，只說：「時間差不多了，另一件案子的委託人應該快來了。」

「對喔。」謝初恭看看時間，距離下午兩點只差四分鐘。他點開行事曆查看委託人資料，喃喃自語：「梁太太……」

門鈴響起，梁太太已在通靈事務社公寓樓下。

梁太太六十餘歲，身後跟著一個年輕男人，三十出頭，是她兒子。

「不要擔心，喝口水，好好把事情前因始末跟我們講清楚。」謝初恭奉上兩杯水，在文孝晴身旁坐下，微笑向眼前梁太太母子介紹身旁文孝晴。「這是本社首席談判專家，也是台灣……不，或許是全世界靈界談判專家裡第一把交椅，和鬼有關的事情，她都能幫你們解決。」

「……」文孝晴面無表情聽著謝初恭吹捧自己，她甚至沒有多看眼前這對母子幾眼。

她的視線放在梁太太母子身後一角。

「靈界談判專家？」梁太太與兒子相視一眼，像是困惑究竟該怎麼解讀這第一次聽到的詞彙。「跟法師、道士的差別是什麼？」

「我自認差很多，不過認真解釋起來有點麻煩。總之天底下自稱見到鬼的人，只分成三種——真見鬼、假見鬼，跟自以為見鬼但其實沒有——例如偶發幻覺、精神疾病、或是笨蛋……」文孝晴終於開口：「至於我是真的還是假的，不該由我自己說，你們可以自行判斷。」

她這麼說，但視線依舊沒有放在梁太太母子身上。

仍盯著同一處角落。

謝初恭插嘴補充：「所以本社工作流程跟坊間大師有些不同，我們只會向上門客户收取小額諮詢費用，再讓我們阿晴專家判斷整件事情究竟和鬼有沒有關係，真有關係，我們才會接下案件，再視案件複雜程度議價、酌收前金，等事情圓滿解決，才向委託人收取尾款。」

「那……我們家那隻鬼，到底是不是真的，那女人……」梁太太怯怯地問，右手腕上的三串佛珠還微微發顫。

梁太太兒子——小梁，打斷母親的話，說：「媽，妳還沒把事情的前因始末告訴人家，這樣人家怎麼判斷……」

「對、對對對……」梁太太尷尬笑了兩聲，喝了口水繼續說：「是這樣子的，我跟我兒子這陣子，常作惡夢……」

「又是惡夢？」謝初恭呆了呆，欲言又止。一旁文孝晴則面無表情。

「我說作夢，你們可能覺得只是我想太多對吧。」梁太太苦笑地拉起小梁胳臂，挽高他袖子，露出他上臂一塊塊瘀青，說：「如果只是作夢，不會出現這種情況吧……」

「這……也不一定啦……」謝初恭瞥了瞥身旁文孝晴一眼，像是擔心她出言譏諷眼前這位梁太太——許多委託人其實應該去向醫生求助，卻堅信自己遭遇靈異事件，非要拜託通靈事務社出馬抓鬼降魔。文孝晴在面對這類委託人時，通常很難保持耐心，總會忍不住酸言酸語幾句。

謝初恭堆著笑臉說：「其實大概半年多前，我也碰過類似的情況，一開始也是作夢，很逼真的夢，然後夢裡受的傷也會留在身上，再然後，就見到本尊了，咳咳……」他說到這裡，習慣性地往主臥房瞥上一眼——

什麼也沒有。

之前不眠之夜事件幾天後的一個晚上，阿芬笑著向兩人告別，說自己心中的死結好像解開了，可以離開了。

謝初恭問她想去哪裡。

阿芬說自己也不知道，但想要到處晃晃，用和過去不同的視角，認真看看這個世界。

文孝晴要她別擔心，說她走著走著，就能走去另一個世界，那裡是屬於她的世界。若她走了一段時間，仍然沒找著那個世界，也不用擔心，那表示機緣未到，有空也可以回來打個招呼，他們永遠歡迎她。

那時謝初恭聽文孝晴這麼說，急著叮嚀阿芬如果真要回來探望他們，露臉方式請盡量溫和一點，例如先託夢打聲招呼。千萬別像之前那樣，趁他洗臉時唰地竄上洗手台鏡子裡，或是突然磅地吊在門框下瞪眼搖晃。

「當然……」謝初恭搖搖頭，將阿芬初現身時的淒厲面貌搖出腦袋，補充說：「也不能完全排除夢遊的可能性……」

小梁立時搖頭，說：「我和我媽以前都沒有夢遊的經驗。母子倆有可能在差不多的時候突然開始夢遊了？」

謝初恭笑著解釋：「我只是說……不能排除這個可能性而已，不是說一定是夢遊。不過，你們到底作了什麼夢呢？」

「好多好多……」梁太太說：「其中一個夢，是我和兒子跪在地板上吃剩菜剩飯，那飯菜都臭了，聞起來的味道、吃進嘴裡的味道，我到現在還記得很清楚，想起來就害怕……」

小梁補充說：「那晚我跟我媽作了同樣的夢，隔天我跟我媽上吐下瀉一整天，像是真的食物中毒一樣。」

「嗯。」謝初恭點點頭。「夢見吃剩菜剩飯的夢，還有嗎？」

梁家母子倆你一言我一語地將這段期間作過的惡夢全說了一遍。

他們都夢見被人摑耳光的夢，一巴掌接著一巴掌，不知道被摑了多久，巴掌摑在臉上的響聲和臉頰發出的刺痛感，都極其逼真。

母子倆醒來之後，臉頰都微微紅腫。

他們也都夢見被人揪著頭髮在地板拖行的夢，對方力氣好大，揪著他們頭髮在房中各處繞行，步伐雖然緩慢，但母子倆卻完全無法反抗。

醒來之後，他們發現自己的膝蓋和手肘，微微有些瘀青和擦傷。

除此之外，他們還夢過被責罵、被拿著抓癢棒抽打、被扔擲雜物之類的夢。甚至還夢過不停洗碗、掃地、洗衣、洗馬桶，但流理台裡的碗和地上的垃圾怎麼也洗不完、掃不完，馬桶明明剛擦淨，但下一刻又會冒出莫名的糞便和臭氣——

然後，會有隻手會抓上他們後腦勺，將他們腦袋按進馬桶裡，責罵他們不夠認真勤快，要他們好好感受馬桶裡的氣味。

夢境裡的馬桶，氣味卻和真實世界的馬桶一模一樣。

「我跟我媽看了好多間身心科，每晚睡前都吃一堆藥。但還是會作那些夢，我們快瘋了。」小梁兩眼滿布血絲，氣憤地說：「所以想找一位厲害的大師替我們主持公道，降伏那賤貨，讓那賤貨再也不能害人。」

「賤貨？」謝初恭呆了呆。「所以在你們的夢裡，有個明確的對象打你們、罵你們？」

「那賤貨……」小梁本來忿忿地想罵些什麼，但被身旁母親重重拍了胳臂、瞪了一眼，便轉頭閉口。

梁太太接過話說：「我們根本不清楚夢裡那東西是誰，只知道那東西不停糾纏我們母子。我先生中風癱瘓好幾年了，我平時全心全意照顧他，被那東西這樣一搞，真的要活不下去啦，我兒子每天睡不好，工作都快不保了……」

「是……」謝初恭轉頭望向文孝晴，像是想聽聽她的看法。

文孝晴扠手抱胸，思索半晌，問：「你們有沒有試過離家幾晚，上旅館過夜？」

「有。」母子倆立時點頭，說：「我們本來以為在外面把不乾淨的東西帶回家了，請過法師來家裡作過法，那幾天我們都在外面睡，結果還是一樣，夢見……夢見了不好的東西，甚至更可怕、更難受。」

「嗯。」文孝晴點點頭，說：「這樣表示那位——如果有的話，並不是地縛靈、不是跟著房子，而是如影隨形跟著二位……」她這麼說的時候，視線依舊放在梁太太身後角落，緩緩說：「所以我有點好奇，你們過去有沒有與人結怨？」

「沒有沒有，當然沒有。」梁太太連忙搖頭，說：「我們家一向與人為善，與左右鄰居都好。我學佛三十幾年，還成立一個佛學研究社團，定期請各地師父和同修團員講經，我們一家都很虔誠……」

「……」文孝晴挑了挑眉，對梁太太的回答不置可否，問她：「妳剛剛說，妳得照顧中風先生，所以現在妳先生一個人在家裡？」

「不。」梁太太搖搖頭說：「我們有請外籍看護，我年紀大了、兒子要工作，不多請個人，可撐不下去啊。」

「那位外籍看護也作一樣的惡夢？」文孝晴這麼問。

「好像沒有……」梁太太歪著頭想了想，說：「從來沒聽她說過作夢的事……」她這麼說，轉頭問兒子：「阿妮有說她也作惡夢嗎？」

「沒有吧。」小梁搖搖頭，說：「我也沒聽她說過。」

「那妳先生……」文孝晴這麼問：「他呢？睡得好嗎？」

「他……」梁太太想了想，說：「我先生沒辦法說話，但是……平常的樣子跟之前差不多，不像作惡夢的樣子，身上也不會冒出一些奇怪的痕跡。」

「這樣啊……」文孝晴點點頭，說：「也就是說她的目標很明確，就是你們母子倆。這樣的話，我想親眼看看你們睡覺的樣子，不曉得你們方不方便？」

「什麼？」母子倆有些錯愕。「親眼……看看我們睡覺的樣子？」

「是。」文孝晴點點頭，指指腳下，說：「不管在這裡、還是在貴府上、或是旅館房間，你們睡你們的，我待在附近滑手機，如果鬼靠近你們，我立刻就會知道。」

「那……妳接下來會怎麼做？」小梁好奇問：「妳會施法收伏那東西？」

「我不會法術，也沒收伏過哪隻鬼。」文孝晴淡淡笑著說：「我會和她好好聊聊，問她是不是有話想說、是不是需要幫助，又或是有什麼冤屈，憋在心裡，無處發洩。」

文孝晴這麼說的時候，終於將臉轉向梁太太，與她四目相望。

梁太太低下了頭。

「妳要幫那東西？」小梁則是翻了個白眼，不屑地說：「作祟害人的惡鬼，有什麼好幫的？應該畫符作法什麼的，把惡鬼收進小罈子裡，再放把火燒了，讓惡鬼魂飛魄散、再也沒辦法害人——電影不都這麼演嗎？」

「你想像電影一樣？」文孝晴冷冷望著小梁，聳聳肩說：「那我只能建議你向電影導演諮詢——我剛剛說過，我不會法術，什麼畫符作法的把戲我都不會。你們之前不是請過法師上家裡了嗎？他肯定畫過符、作過法了吧？有抓到鬼嗎？」

「他說抓到了……」梁太太苦笑說：「但那之後，我們還是不停作惡夢……」

「哼。」小梁不屑地說：「那法師根本是個騙子！臭神棍！」

「所以你們考慮一下我的提議吧。」文孝晴這麼說：「不然就請回吧。」

「咳咳，是這樣子的。」謝初恭立時接話說：「我們處理過的案子裡，有些靈界的朋友，是真的有話想說、有心事未了，所以才糾纏在陽世活人身邊——有時候人死變成了鬼，心智會和生前不太一樣，有時會不擅表達、暴躁易怒、神經兮兮……不能用常人的邏輯來看待他們的一舉一動，這一點正是我們談判專家阿晴的看家本領——她能夠安撫那些靈界朋友、讓他們冷靜下來，然後真誠傾聽他們的心聲、試著理解他們的想法，然後盡可能地幫助他們完成生前未了的心願、解開他們心中的死結，這樣的話，那些鬼朋友多半就會放下，就願意離開了。」

「是嗎？」小梁哼了哼說：「所以你們驅鬼的方式就只跟鬼講道理？那如果鬼不肯講道理呢？是你們沒碰過這樣的鬼？還是世界上所有的鬼都願意和人講道理？」

「這個嘛……」謝初恭轉頭望向文孝晴，將這問題丟給她。

「每一個鬼，都曾經是人。」文孝晴淡淡笑著說：「人有好人壞人，鬼當然有好鬼壞鬼，不講道理的壞鬼其實也不少，如果我確定二位碰到的問題，真的與鬼有關，且對方還是不講道理的壞鬼，當然會用不一樣的方式來處理。」

「什麼方式？」小梁問。

「商業機密。」文孝晴笑著答。

小梁攤手翻了個白眼，微微顯露不屑神情，梁太太倒是認真考慮文孝晴的提議，說：「這樣好了，我回家準備一下，看怎樣方便再請你們過來……」

「好的，那我們另外再約時間。」謝初恭堆著笑臉起身，搓著手準備送客。

「至於今天的諮詢費用……」

□

「真巧。」謝初恭將八百元諮詢費收進抽屜鐵盒，記了帳，對文孝晴說：「兩件案子都跟作夢有關——現在鬼流行讓人作惡夢？」

「正常。」文孝晴隨口說：「能夠直接對陽世萬物造成物理影響的鬼並不多，也不是所有的鬼都懂得在人面前現身；大部分的鬼只能一定程度影響活人大腦，而活人大腦被影響到之後，最直接的反應，就是作夢。」

「好吧——」謝初恭呼了口氣，打著哈哈說：「兩件案子委託人被惡夢嚇得睡不好覺，就不知道哪件得勞駕我們阿晴專家出馬、哪件應該去看醫生了……」

「嗯，這兩件案子可能都得由我們處理了。」文孝晴淡淡地說。

「什麼？」謝初恭瞪大眼睛。「兩件案子都得由我們處理？所以妳已經確定兩件案子都有真鬼？妳不是說要看過才知道？」

「我大膽假設，這兩件案子應該是同一件案子。」文孝晴這麼答。

「大膽假設？也太大膽了吧！妳覺得吳老闆跟梁太太作惡夢，是同一件案子？就因為都跟惡夢有關？」謝初恭一面問，一屁股往剛剛母子二人坐的沙發坐下。

「起來。」文孝晴沒有回答謝初恭的問題，而是朝他揚手，示意他起身讓座。「那是客人的位置，你去坐其他地方。」

「現在又沒客人！」謝初恭愕然說。

「不起來就算了……」文孝晴沉默兩秒，攤攤手，望著謝初恭說：「現在那對母子走了，可以把全部的事情告訴我囉。」

「啊？」謝初恭呆愣兩秒，困惑抓頭。「全部的事情？妳指的是什麼？妳想知道什麼事？」

他這麼說時，只見文孝晴雖望向他說話，兩隻眼睛卻不是看著他雙眼。

「我不是跟你說話。」文孝晴冷冷望著謝初恭。

「那妳跟誰說話？」謝初恭左右看了看。

「把手伸出來。」文孝晴沒有回答謝初恭的問題，只對著謝初恭伸出右手，掌心向上，緩緩說：「別怕，把手放在我手上。」

「妳要做什麼？」謝初恭一頭霧水，卻仍乖乖伸出手，放上文孝晴掌心。

他手指觸著文孝晴手指時，彷彿觸電一般，一股酥麻自指尖飛快向全身擴散。

同時，他眼前一花，隱約見到自己放上文孝晴掌心上的手，重疊著另一隻手。

一隻纖細許多的手。

下一刻，謝初恭彷彿麻醉藥生效般，很快失去了知覺。

又快速醒轉。

謝初恭睜開了眼睛，發現四周並非他家客廳，而是一處陌生廚房。

這廚房頗為寬敞，流理台裡堆積著大量碗盤。

他低頭，眼前是一雙陌生的手，正忙著洗碗。

原來他正在洗碗。

但他隨即驚愕，眼前洗碗的那雙手，並不是他的手，而是雙女人的手。

「怎……怎麼回事？」他覺得自己無法控制雙手和身體，就連驚愕叫嚷出來的聲音，都像是從遠方傳來的廣播聲。

「社長，安靜，靜靜看著就好。」文孝晴的說話聲，也遠遠地響起。

「怎麼回事？」謝初恭驚恐問：「發生什麼事？這裡是哪裡？」

「看起來像是廚房。」文孝晴這麼回答。

「廚房……我知道是廚房啊，但我為什麼會跑來廚房洗碗！這誰家廚房啊？為什麼我會跑來陌生人家廚房洗碗？妳呢？妳現在在哪裡？」謝初恭這麼問，他眼前那纖瘦雙手卻始終沒有停下，不停洗著一個又一個碗。

「我在辦公室裡。」文孝晴淡淡地說：「你現在在我面前打瞌睡，你現在見到的畫面，是你夢裡的畫面，同時也是另一個人的生前回憶。」

「生前回憶？」謝初恭愕然問：「誰的回憶？我又被鬼上身了？像是之前的受虐小鬼那時候一樣？」

「對啊。」文孝晴答：「剛剛我不是叫你別坐在客人的位子上？」

「什麼？那時候客人不是走了嗎？」

「剛剛一共三位客人，走了兩位，還留著一位。」

「啊！」謝初恭驚訝問：「我們今天的客人不就梁太太跟她兒子嗎？哪來第三位……喝！妳是說剛剛上門的，除了梁太太母子之外，還有一個妳看得見、我看不見的那種『客人』？」

「對啊。」文孝晴說：「剛剛她一直站在梁太太母子倆背後，他們準備離開時，她本來也要跟著離開，我招手請她留下——我猜她有話想說，我想聽她說話，她剛坐上沙發，你就一屁股坐在她身上。」

「妳……妳不會阻止我啊！」

「我叫你起來，但你不聽。」

「我怎麼知道妳那樣講是什麼意思，妳可以說得明白一點！」

「是你叫我說話不要那麼直接的，你說太直接會得罪客人。」

「不對！」謝初恭嚷嚷怪叫：「我如果只是不小心坐在『客人』身上，也不至於跑到這裡吧！又是妳動的手腳？妳剛剛叫我把手伸出來，就是想把我拉進這位……『客人』的夢裡，要我代替妳來看這位客人的生前回憶，對不對？」

「我是請『客人』伸手，不是要你伸手，你自己湊熱鬧摸我的手，這算職場性騷擾了吧。」文孝晴說：「不過算了，我不跟你計較。」

「什麼！」謝初恭怪叫說：「妳這樣太過分了！」

「ＯＫＯＫ，開個玩笑，你別激動。」文孝晴說：「你不是常說我們兩個是最佳拍檔，要齊心協力、並肩作戰嗎？堂堂社長大人、我的最佳拍檔，成天幹些會計、祕書、總機、接待、端茶、收錢之類的工作，偶爾也該帶頭表現一下嘛。」

「妳……至少跟我講一聲，讓我做好心理準備！」

「好，下次先跟你講。」

「哼……」謝初恭還想說些什麼，陡然聽見一個熟悉的說話聲自身後響起，不由得猛地一驚，瞬間有股莫名的恐懼和嫌惡，從腳底麻上全身——這種感覺十分怪異，硬要形容的話，就像是一個極度入戲的觀眾，見到電影女主角發現變態跟蹤狂現身背後時，產生自己也陷入險境的共感反應。

但謝初恭這時心中的震撼，可遠遠超過觀看影視戲劇太多太多。

謝初恭並非第一次經歷這種體驗。

前一次，是一個小男孩的生前回憶。

那是個糟透了的體驗。

「妳洗這麼慢，要不要幫忙？」那有點熟悉的男人說話聲再次響起，且來到他的身後。

謝初恭再次感到那股沒來由的反胃。

他只見到眼前畫面左右晃了晃，且伴隨著一個中文不標準的應答聲。「不用，我慢慢洗……」

謝初恭連忙問：「阿晴，現在是誰跟誰在說話？」

「還沒看清楚——我現在看見到的東西，跟你看到的東西差不多。」文孝晴的聲音自遠方飄來。「且你看到的畫面應該比我更清楚。」

「什麼……」謝初恭莫可奈何，突然感到屁股突然一陣搔癢，像是被人摸了一下，一股更為強烈的嫌惡感直衝心頭。

他眼前畫面突然轉向，只見一個年輕男人，瞇著一雙賊眼，笑嘻嘻地站在她面前。

「啊！是他！」謝初恭驚愕望著這年輕男人，正是剛剛上門的委託人兒子——小梁。

剛剛母子倆上門諮詢時，小梁明明比謝初恭矮了半個頭，但此時在謝初恭眼裡，小梁卻顯得高大許多。

「梁少爺……你不要這樣……」謝初恭感到嘴巴發出年輕女人聲音，一口國語帶著濃濃異國腔調。

「我怎樣？」小梁笑得兩隻眼睛瞇成了一條縫。「媽剛剛講經講得累了，我想沖點枇杷膏給她喝。」他一面說，整個身子朝「謝初恭」迎面貼來，伸手拉開流理台上方置物櫃，伸手在裡頭翻找。「媽最喜歡的杯子呢？」

謝初恭感到小梁的身子壓在他身上磨蹭，鼻端甚至隱隱嗅到小梁發出的狐臭，只覺得反胃要嘔，哇哇大叫：「老兄，你他媽到底要幹嘛？」

「還能幹嘛？」文孝晴的聲音冷冷傳來。「不就是揩油、性騷擾嗎？」

「媽呀有完沒完……夠了吧梁先生！」謝初恭感到自己嬌小身軀左右不停扭動，像是在閃躲小梁的磨蹭。「我要翻臉囉！」

「梁少爺！你不要再這樣了！我會跟太太說的！」異國女聲氣急敗壞地說，同時終於伸手大力推開小梁。

「啊呀！」小梁誇張地向後連退幾步，重重撞在層架上，立時蹲了下來，一手撫著後背，咬牙切齒地說：「好痛，我的背受傷了！」

謝初恭一語不發地望著小梁喊疼好半晌，見那異國女聲也沒搭話，忍不住說：「沒這麼痛吧，老兄，這女人沒推很大力啊……」他還沒說完，身子自己動了，那異國女聲終於開口。「少爺，你的背沒事吧……」

「我的背好像又受傷了……」小梁撫著背，面露痛苦。

「少來。」謝初恭想要翻白眼，但是此時身子卻不受控制，只能默默看著眼前的小梁表演疼痛。

「我覺得我可能得看醫生了……」小梁扶腰站了起來，怒瞪著謝初恭。「不過醫藥費該怎麼算？對了，還要加上之前妳打破的花瓶，那是爸以前最喜歡的花瓶。」

「上次……花瓶……」謝初恭感到一股沒來由的委屈，灌滿了他的鼻腔和雙眼，眼前畫面天旋地轉。

四周景象扭曲變化，謝初恭正感到天旋地轉之際，突然驚覺自己站在一處陌生客廳裡的一座陌生大木櫃前。

木櫃那六十公分高的豎格裡，擺著一只細長瓷瓶，瓶身雪白瑩亮。

謝初恭見到同樣一雙纖細瘦手，左手輕扶著瓶頸，右手抓著雞毛撣子，輕輕拂拭著瓶身。

「不是這樣擦。」

小梁的聲音自身後響起。

謝初恭再次感到被強烈的厭惡和恐懼包裹住全身，他還沒來得及反應，小梁的身子已經貼上他後背，一雙手自後環繞而來，抓住那雙纖細瘦手，像是在教他怎麼擦瓶子。

「要這樣、這樣……知道嗎？這樣擦。」

小梁的手緊抓著纖細瘦手，上下套弄那瓷瓶的細長瓶頸。

「靠北喔……」謝初恭驚怒交加之際，卻無法控制身體反抗，只感到後頸傳來了小梁厚重鼻息，臀部被抵上了團硬梆梆的傢伙，兩隻手被牢牢抓著摩挲瓶頸。

「少爺，不要這樣——」

一聲尖叫，謝初恭眼前畫面猛地晃動，同時感到自己雙手一揮，掙脫了小梁雙手。

下一刻，是一陣喀啦聲響。

然後是尖銳的破碎聲。

是那雪白瓷瓶離手落在地上，砸成了碎片。

「喝……」謝初恭還沒來得及表示些意見，眼前畫面再次飛旋亂轉。

他來到了第三處場景。

他見到一雙腿——本來他無法理解眼前畫面是怎麼回事，但很快地他便明白了，他跪在地上、且低著頭，因此只能見到眼前那人的雙腿。

那是一雙女人小腿，且有些年紀。

「我兒子怎麼可能會做這種事，妳自己打破瓶子，還想誣賴我兒子？明明是妳一天到晚勾引我兒子老公，我都看得一清二楚，妳這女人怎麼這麼賤？妳家鄉的爸爸媽媽是怎麼教妳的？我就知道，妳們這種人就是這種德行！賤！下賤——」

是梁太太的聲音。

謝初恭感到一陣毛骨悚然，明明是一個人，但剛剛的梁太太說話語調聽來誠懇和藹，完全符合她自稱學佛三十多年的神態氣度；而此時的梁太太說起話來，卻像是把「學佛三十多年」裡的「佛」這個字，改成「魔」之後的學習成果。

「妳這個賤貨！」

梁太太一聲尖喝，謝初恭感到右臉一辣。

想來是被賞了一個耳光。

然後是左臉。

右臉再來一下。

然後又是左臉。

畫面再次變化，謝初恭依舊跪在地上，眼前地板上卻多了個鐵盆。

鐵盆裡裝著剩菜，發出難聞的氣味。

謝初恭見到纖細的手捏著湯匙，從鐵盆裡舀出剩菜，緩緩往眼前送來。湯匙愈是逼近，那臭味便愈漸濃烈，直到進入嘴裡。除了臭味之外，口腔裡還多出一股難以忍受的酸腥味。

纖細的手顫抖著，一匙接著一匙，彷彿永無止盡。

謝初恭眼前的畫面模糊起來，一滴滴的眼淚滴在手上、滴進鐵盆。

在痛苦之中，他想起剛剛梁太太說的話——

其中一個夢，是我和兒子跪在地板上吃剩菜剩飯，那飯菜都臭了，聞起來的味道、吃進嘴裡的味道，我到現在還記得很清楚，想起來就害怕……

謝初恭明白了，梁太太作的惡夢，不只是惡夢，而是真實發生過的事情，但不是她的親身遭遇，而是受她懲罰那人的親身遭遇。

下一個場景，謝初恭來到一個堆滿層架和收納櫃，彷如儲藏室般的小房間，房間一角擺著張舊沙發，沙發上有枕頭和薄被，像是被當作床鋪使用。

他蜷縮在沙發上，身子哆嗦個不停。

小梁蹲在他身旁，伸手在他身上亂摸。

下一個、再一個、又一個場景，一個又一個場景開始亂糟糟地在他周遭不停變換，一下子在陽台、一下子在浴室、一下子在客廳、一下子在廚房。

他似乎有做不完的家事、受不完的體罰、他的肚子永遠很餓、他的手和腳都十分削瘦。

他時常被揪著頭髮在家中爬行。

他做家事的時候，梁太太學佛三十年的巴掌，老是冷不防地甩上他的臉，或是揪著他頭髮，大力搖晃他的頭，怒斥他為什麼老是笨手笨腳。

再不然，就是小梁那雙狡猾的手，總出其不意地往他身上這兒抓一把、那兒摳一下，有時還會將他緊緊摟住，用更噁心的地方頂他前面或後面。

謝初恭來到不知第幾個場景。

四周漆黑一片，只有眼前一面螢幕亮著。

謝初恭立刻知道自己又回到了那間儲藏室——在不停變化的場景中，謝初恭已經知道，這間儲藏室，同時也是「她」的睡房。

同樣一雙纖細瘦手，捧著一支老舊智慧型手機，正敲著螢幕打字。

儘管謝初恭看不懂螢幕上的異國文字，但或許因為身處在她記憶中的緣故，能夠隱隱理解對方打字當下的心情，因而間接理解了那段看不懂的文字裡的心意——

你們不用擔心姊姊，姊姊在這裡過得很好。
這裡的東西很好吃，這裡的人對我很好。
我在這裡過得很好、很開心。
等姊姊發薪水，會買好吃的零食寄回去給你們。
你們好好照顧自己、照顧爸爸跟媽媽，姊姊很快就會回去看你們……

「嬌娜，媽不是有跟妳說過，在家裡不能用手機？」

謝初恭聽見小梁的聲音，立時又被強烈的恐懼包裹住全身。

視線緩緩轉頭，只見應當關上的門，不知什麼時候開了一條縫。

門縫越敞越大，門外小梁一雙眼睛閃爍著猥瑣的微光。

他像賊一樣躡手躡腳地溜進房，關上門，來到破沙發前，低頭湊近謝初恭，笑嘻嘻地說：「妳要我跟媽說？還是……」

「說你媽啦！」謝初恭積壓多時的怒火終於迸發，本能地想要朝小梁揮拳——但他的拳頭自然無法真正揮出，他的怒火也無法燒回真實過去裡的那晚。

他只能眼睜睜地在手機螢幕微光照映下，瞧著小梁猥瑣賊笑地拉低褲頭，掏出了臭傢伙，往他臉上湊來。

□

「嘔！」謝初恭猛地蹦了起來，怪叫怪嚷地揮拳亂打半晌，終於驚覺自己已經回到客廳。

此時的文孝晴，站在自己辦公座位前，拿著綠油精抹太陽穴。

她在小梁將臭傢伙湊上來的那一刻鬆開謝初恭的手，因此謝初恭醒了。

「剛剛妳也看到了？那王八蛋……」謝初恭氣呼呼地來到文孝晴身旁，搶下綠油精，猛往自己鼻子捅，像是急著將前一刻嗅著的逼真臭味，從腦海裡驅散，但他塗得太猛，鼻子眼睛刺辣萬分，痛得跪地哀號起來。「啊——」

文孝晴返回自己座位坐下，望著前方空空的沙發，說：「嗯，我知道妳在梁家受到的委屈了。接下來呢？妳怎麼死的？」

「阿晴、阿晴……」謝初恭倚在桌邊，整張臉因為綠油精而皺成一團，眼淚淌了滿臉，向文孝晴求救。「可以先……扶我去廁所洗臉嗎？我快瞎了……」

不知怎地，謝初恭雙眼淚水汪汪，反而隱約見到文孝晴對面本當空無一人的會客沙發上，真的坐著一個女人身影。

那身影轉頭望向他，朝他微微點點頭。

文孝晴也朝他望來，又轉頭回去，對那身影說：「那是我們社長，不用理他，他是大人了，他知道怎麼照顧自己。我想知道妳之後發生了什麼事——妳叫嬌娜對吧？我們昨天接到另一個案件，委託人是吳老闆，妳應該知道他吧？他說他時常夢到妳……」

嬌娜聽文孝晴這麼問，起初沉默半晌，跟著微微張開嘴，用不標準的國語，說起自己的故事——

她的家鄉離這裡很遠，隔著一片海。

她有三個弟弟和一個妹妹。

她的爸爸跛腳，媽媽臥病在床。

朋友對她說，這個國家的人很好、對外人很好。在這裡工作，能賺到比家鄉更多的錢，所以她離鄉背井，來到這裡工作，希望賺得足夠的錢，替媽媽治病、替弟弟妹妹賺取學費、替爸爸換新的拐杖、替家裡買台冷氣、換台新的冰箱……

她並非經由正規管道過來，也沒有取得正式的工作資格，她的護照被吳老闆扣著，吳老闆要她別擔心，說這其實沒什麼，這裡很多人都這樣，不會有事，只要她細心照顧臥病在床的梁先生、做點家事，很快就能賺到錢了。最初幾天，她覺得自己來到了天堂，能夠坐在高級的餐桌前，吃著豐盛的飯菜。

但很快情況就不一樣了。

梁媽媽開始嫌她在家穿著暴露，理由是中風臥床的梁先生，望著她的眼神似乎有些不同。

於是她即便在夏天，也穿著長袖長褲。

再接著，梁媽媽要求她不准穿著貼合身體曲線的衣服，因為梁媽媽覺得兒子小梁總是盯著她的臀部和胸脯不放。

最後梁媽媽甚至覺得，她那因熱出汗的頸子，有如終年發散邪魔誘惑的魔枝，令老梁跟小梁漸漸入邪，便要求她將頸子裹上絲巾——但絲巾似乎太魅了，所以改口令她裹上毛巾——新毛巾浪費，所以最後只給她一條破爛舊毛巾。

從此之後，嬌娜除了洗碗時能夠挽起袖子之外，其他時候都得將自己裹得嚴嚴實實，即使如此，梁媽媽仍堅稱她那雙眼睛又邪又魅，令她在家只能低著頭，不能與老梁小梁四目相對。

她乖巧照做了。

但她的乖巧，反而讓小梁更加肆無忌憚地騷擾她。小梁最初是只是口頭調侃她，趁梁媽媽不在家時，便纏著問她有沒有男朋友、有沒有性經驗、有沒有自慰習慣。見她只是消極傻笑，沒有強烈抗拒，便開始對她動手動腳。

開始幾次，她不敢告訴梁媽媽，她覺得梁媽媽很有可能會因此將她逐出家門——梁媽媽確實三不五時打電話給那人力仲介吳老闆抱怨嬌娜太像「妖女」了，要吳老闆換個「正經」的女人過來，但吳老闆傳了幾張照片給梁媽媽挑選，梁媽媽總是不滿意，說吳老闆的人怎麼一個比一個妖邪淫穢，吳老闆對此也莫可奈何，只說梁媽媽想太多了，嬌娜雖然沒有受過正式醫護訓練，但在家鄉有照顧過臥病母親的經驗，又這麼任勞任怨，如果梁媽媽不要嬌娜，願意出更高價聘她回家的人也不是沒有——如果梁媽媽真要從正規管道找人，可要付出數倍的代價，在正式法規裡，看護不是傭人，更不是奴隸。

梁媽媽一方面捨不得花費更多的錢去找「更正經」的人來家裡，另一方面，卻仍堅信嬌娜身體裡藏著邪靈，企圖勾引自己的丈夫和兒子，因此開始處處針對她——減少她的飯菜、加重她的家事負擔、動輒責罵甚至拿雞毛撢子抽打她。

梁媽媽認為自己是在替天行道，完全對得起佛祖跟家中祖先牌位。

然後，小梁行徑愈漸誇張，嬌娜忍無可忍，向梁媽媽告狀。

卻只換得更多的責罵跟體罰。

有一晚，小梁趁夜潛入嬌娜房間，抓著嬌娜偷用手機的把柄，逼迫她伺候自己，還拍下一張張照片和影片。

數次之後，嬌娜逃出了梁家，躲藏了數天，打電話向吳老闆求救。

吳老闆要嬌娜別把事情鬧大，乖乖回梁家走完三年合約，否則被扣在公司的護照和薪資拿不回去之外，甚至有可能被警察抓走，將她以罪犯的身分遣返回老家。

同時，嬌娜收到了小梁的簡訊。

小梁說自己檢查過嬌娜手機，早已記下嬌娜弟弟妹妹的聯絡方式，要是她再不回家，就要將她那些不堪照片跟影片傳給她的弟弟妹妹——

嬌娜迫不得已，乖乖返回梁家。

學佛三十年的梁太太，整治起逃家妖女，自然有她一套本事。

兩週後，嬌娜再次逃家，投河自盡。

又過了一段時間，梁媽媽和小梁、吳老闆，不約而同地開始夢見嬌娜，直到今天。

□

翌日午後，位於外縣市的人力仲介公司內部氣氛詭譎。

吳老闆辦公室門緊閉著，窗簾垂著看不見裡頭，只隱約聽見辦公室裡不時傳出吳老闆的低語呻吟，聲音充滿了恐懼。

員工們擠在吳老闆辦公室外面面相覷，每個人臉上除了程度不一的黑眼圈外，剩下來的，就是驚恐和不安了。

他們這兩個月來，都曾夢見過嬌娜。

有些人甚至在公司裡見過嬌娜。

兩個月來，吳老闆陸續向數名法師高人求助，但那些大師有的說這鬼怨氣太重，要吳老闆另請高明；有的則大張旗鼓帶著弟子上門作法，將符籙和香灰撒滿整間辦公室，但大師前腳剛走，後頭留在辦公室裡負責善後的女員工，立刻就見到嬌娜濕淋淋地站在角落瞪她，可嚇得魂飛魄散。

這次吳老闆找來文孝晴和謝初恭這兩個與眾人印象中大不相同的「大師」上門，員工們本來沒抱太大希望，但文孝晴不等吳老闆說完事由，反而主動說出嬌娜真實身分，以及在梁家的遭遇和死因，可嚇壞了一票員工——這可是吳老闆千交代萬交代要大家保密的東西，除非梁家母子主動招供，否則文謝二人沒有理由知道這些東西。

文孝晴對此給出的理由相當簡單直接——梁家母子昨天找上通靈事務社，嬌娜就跟在梁家母子背後。

文孝晴得知的這段前因始末，前半段為兩人親眼所見嬌娜生前記憶，後半段，則是嬌娜淌著血淚，用生澀國語混雜著英文，親口說的。

吳老闆對於文孝晴向他提出的建議則完全無法接受。

文孝晴向吳老闆開了個數字，要他將這筆錢匯給嬌娜遠在海外的父親。

這數字差不多接近吳老闆九成財產。

吳老闆自然不願意，大呼荒唐，說嬌娜又不是他害死的，冤有頭債有主，怎不去找梁家母子算帳。

文孝晴說吳老闆這話對也不對，若按照比例追究責任，吳老闆即便不是禍首，但也不能將事情推得一乾二淨；倘若吳老闆完全不願為嬌娜的死負起責任，那這件案子等於沒有談判空間，自然也沒通靈事務社介入的空間了。

他們會離開，但一同到來的嬌娜，則會留下，專心伺候吳老闆。

吳老闆和員工們聽文孝晴這麼說，可全嚇白了臉。

謝初恭補充解釋，說人死成鬼，思緒會和生前不同，會變得紊亂偏執，無法用常理溝通，而談判專家文孝晴的能力之一，就是讓身邊的亡魂恢復生前理智，能夠好好講道理，只要吳老闆願意，通靈事務社非常樂意作為「橋樑」，協助吳老闆和嬌娜和平溝通。

文孝晴則說，之前嬌娜亡魂心智迷茫，儘管滿腹怨怒，卻不明白自己究竟該做些什麼才能一吐怨氣，腦袋裡也沒有具體的報復計畫，只是憑著本能偶爾現現身、哭兩聲，現在不一樣了，隨她一同來見吳老闆的嬌娜是清醒的，聽吳老闆這樣推託責任，心裡會怎麼想？等她與謝初恭離去後，再次被怨恨纏繞全身的嬌娜，到底會做出什麼事？她也不知道。

吳老闆聽兩人一搭一唱，一時也沒有主意，只隨口問：「你們說協助我和嬌娜溝通？到底怎麼溝通？」

文孝晴淡淡一笑，說很簡單，找個安靜的地方坐下，把手伸出來，讓她牽著即可。

於是吳老闆帶著文孝晴和謝初恭，進了自己的辦公室，關上門，拉下百葉簾。

轉眼就過了一小時。

喀嚓——門開了，文孝晴和謝初恭笑咪咪地走出吳老闆辦公室，向一個個瞪大眼睛盯著他們的員工們，報以燦爛笑容。

「阿佳——」吳老闆沙啞喊著公司會計。「開張八萬的即期票給謝社長，送他們離開。」

十分鐘後，文孝晴和謝初恭接過會計奉上的支票，向吳老闆深深一鞠躬，離開人力仲介公司，乘上謝初恭的老爺車，開心返回台北，找了家高級牛排館用餐，一面調侃著吳老闆「談判」時的神情和尿濕的褲子。

說是談判，其實也只是用差不多的方式，讓吳老闆親身體驗嬌娜被欺負當下的情境，以及嬌娜二度逃家之後，含怨投河的過程。

兩分四十秒——這是嬌娜從橋上躍下，直到在水中溺斃的時間。

這是比虛擬實境更加真實萬分的體驗。

畢竟虛擬實境可無法虛擬嬌娜走向大橋時的怨恨和絕望、從橋上躍下的自由落體感、和嗆水時的悽苦痛楚。

嬌娜在吳老闆被嗆得尿濕褲子時，對他說，如果他不肯負責，那下半輩子再也不要睡覺了，否則往後只要他閉上眼睛，等著他的，不是一整晚的騷擾逼姦、吃不完的臭酸剩菜，就是一次又一次的跳河嗆水。

吳老闆在夢中哭著哀求，說自己終究不是欺負她的梁家母子，自己也有一家老小和十幾名員工要養，請嬌娜高抬貴手，把開價降低一點。

嬌娜也好說話，將文孝晴喊出的價碼打了八折，四千萬。

這筆錢足夠讓她家鄉母親入院接受治療，讓她弟弟妹妹好好唸書了。

□

「什麼……妳說我兒子……」梁媽媽瞪大眼睛，不敢置信登門報告工作成果的文孝晴和謝初恭，不但沒有驅走作祟的嬌娜，反而要她帶著兒子上警局自首，稱這樣或許能夠平息嬌娜心頭怨念。

「妳鬼扯什麼！」小梁大步走向文孝晴，氣憤指著文孝晴鼻子嚷嚷怒罵：「妳說我性侵嬌娜！妳這是誹謗、是公然侮辱！我媽媽就是證人！」

一旁謝初恭見小梁伸來那手離文孝晴臉甚近，指尖幾乎要戳著文孝晴的臉，立時扭住小梁手腕，用擒拿手法，將小梁扭倒在地，同時高高舉起拳頭，對準小梁鼻梁就要砸下——謝初恭在先前的夢境裡被小梁騷擾了無數次，對小梁厭惡到他一靠近，就本能出手反擊的程度了。

文孝晴攔下了謝初恭就要砸下的拳頭，搖頭笑說：「社長，何必呢？」

「……」謝初恭長長吁了口氣，放下拳頭，鬆開小梁的手腕，望著一臉驚恐的小梁，哼哼說：「那時候覺得你很高大、力氣也大，原來是隻弱雞……」

「因為那時候你看到的他，是嬌娜眼裡的他；有些人天生只敢欺負比自己弱小的人，簡而言之，就是個廢物。」文孝晴淡淡冷笑，望著小梁雙眼，緩緩說：「我猜你把嬌娜的照片跟影片都刪光了。」

「……」小梁先是瞪大眼睛，跟著怪笑兩聲，說：「幹……幹嘛？妳想套我話？我根本聽不懂妳說什麼，什麼照片影片，那是什麼？」

「那是什麼，你心裡有數。」文孝晴望著小梁說：「嬌娜被你欺負到逃家跳河，你為了撇清關係，刪光手機裡嬌娜那些照片也很合理，不過——你難道忘記你寄了恐嚇信給嬌娜嗎？你能刪掉自己手機裡的照片，卻沒辦法刪掉寄到嬌娜信箱裡那些照片。」文孝晴緩緩取出一只老舊智慧型手機，遞向小梁。「她當時帶著手機逃家，自殺前，把手機扔在河堤草叢裡……」

小梁望著手機保護殼上還沾著泥土的老舊智慧型手機，身子微微顫抖，遲遲不敢伸手去接。

文孝晴見小梁不接，直接拉起他的手，將手機放在他掌心。跟著轉頭對梁太太說：「嬌娜雖然沒有跟家人提過她的遭遇，但是她無處宣洩，所以把在這個地方遭受過的一切，都寫在手機記事本裡，她的信箱裡，還有一堆小梁寄給她的不雅照片，看過就知道了。」

「妳……」梁太太身子顫抖，怒瞪著文孝晴。「妳這是什麼意思？妳拿支破手機過來獅子大開口？妳想要我們花錢買下來？我根本不相信妳講的那些鬼話，我兒子絕對不會做那種事！那妖女自己下賤，我看她根本是在外面欠了債，回家勾引我兒子想仙人跳，最後失敗走投無路才跳河自殺，她……」

「嬌娜——」文孝晴不等梁太太說完，轉頭朝空無一人的身旁大聲說：「梁太太這樣說妳耶！」

梁太太和小梁聽文孝晴這麼喊，不約而同打了個冷顫。

一想到嬌娜此時此刻或許就在家中，兩人的氣焰不由得瞬間熄滅許多。

文孝晴笑了笑，繼續說：「梁太太，嬌娜在梁家受到的對待，本社這幾天已經調查清楚了，妳若真心希望嬌娜放下仇恨、放過妳和兒子，就該對做過的一切負起責任，承認自己過去對待移工的方式錯了，誠心誠意地向嬌娜下跪磕頭道歉，再帶妳兒子去警局自首，要他坦承自己對嬌娜做過的一切暴行，入監坐牢贖罪，這是對他將來人生來說，最好的一條路；也是這件案子，最圓滿的結果。」

「放屁、放屁、放屁——」梁太太像是全然不能接受文孝晴這番話。「我花錢請你們，是要你們替我解決那隻妖女，妳拿我的錢，反而要我下跪磕頭、要我兒子坐牢！妳聽見沒有？你們這樣搞，休想拿到尾款！聽到沒有——」

「梁太太。」謝初恭乾笑兩聲，搓著手說：「診所要收掛號費、律師也會收諮詢費，就算是修機車、電腦，也要付檢測費，我們沒有白收您的前金，我們確實跟嬌娜溝通過好幾次，這幾天也跑了好多個地方，光是油錢就不少了……至於尾款，您確實不必付，吳老闆已經替您結過這筆帳了。」

「吳……老闆？」梁太太愕然問：「關他什麼事？他……他怎麼會……」

謝初恭答：「我們前兩天登門拜訪他，把嬌娜在貴府上受到的委屈，全告訴他，畢竟他也有責任，我們希望他能替嬌娜老家親人負擔某些費用，他本來跟妳一樣，說什麼也不答應，但後來嬌娜『親自』和他聊過之後，他二話不說就付錢了，連您這筆尾款也結清了。本社負責的談判工作已經完成了，該提出的忠告也向您說了，這件案子後續發展，本社就不再干涉了，讓幾位當事人自己決定吧。」

謝初恭笑著向小梁母子鞠了個躬。

向文孝晴那空無一人的身旁，也鞠了個躬。

最後，與文孝晴一齊離去。

梁家母子呆立原地，不知如何是好。

「媽……怎麼辦？」

「別怕！媽已經聯絡上一位老師父了，晚上老師父會來家裡講經，到時候還有一群媽的同修也會一齊來家裡唸佛，到時候我再把我們家的情況和老師父還有師姊師妹們說，大家一起想辦法，乖乖別怕……」

「那……」小梁神色緊張，喃喃說：「我出門幫客人買些點心……」

他說完，也不管梁太太似乎還有些話想問他，隨手將嬌娜手機塞進口袋，轉頭回房拿了外套，匆匆出門。

梁太太站在客廳發愣半晌，轉頭瞥見接替嬌娜的阿妮掃地時模樣有些漫不經心，立時拉高分貝斥責，卻突然見到佛桌上蓮花燈閃爍幾下，連忙閉口，不敢再說什麼——

嬌娜不在之後，被吳老闆派來接替嬌娜工作的阿妮，也曾受過梁太太刁難以及小梁騷擾，但不久後嬌娜開始作祟，阿妮的處境倒是因此改善許多——阿妮和嬌娜不論外型還是口音、身世環境都有些許相似，這多少令梁家母子有些忌憚，不敢像過去欺壓嬌娜那般對待阿妮。

□

兩週後，文孝晴看在梁媽媽提著水果和紅包親自登門拜訪、下跪磕頭痛哭流涕哀求的份上，與謝初恭一齊隨著梁媽媽來到了醫院。

文孝晴站在病床前，望著一動也不動的小梁。

此時的小梁臉色蒼白、雙眼緊閉，渾身冒著冷汗；眼皮下一雙眼珠子不停轉動，似是正作著惡夢。

原來小梁當天出門後，一直沒有回家。

下午，梁太太心神不寧地招待老師父和師姊妹們研討佛經，直至傍晚，這才接到警局電話，稱小梁在河岸被人發現，全身濕透、昏迷不醒。

梁太太進醫院照料小梁數日，只見小梁無時無刻都眼皮顫動、全身發抖、汗流不止。

彷彿不分日夜作著惡夢。

醫生說，小梁之所以昏迷不醒，是因為溺水導致腦部缺氧，最壞的情形，是成為植物人、甚至喪命，而現在能作夢，表示小梁還有意識，雖然機率很低，但或許有甦醒的可能。

梁太太心裡知道小梁夢見什麼。

因為她只要摸著小梁的手，眼前就會隱隱浮現某些模糊畫面。

全是這些日子以來她那些惡夢的內容。

她知道，嬌娜就藏在小梁身體裡，日以繼夜地將過去她遭受過的痛苦，回報給小梁。

梁媽媽找了當日上門講經的老師父外加各路大師，大夥兒對小梁的狀況都束手無策，有些大師甚至一摸著小梁的手，就嚇得魂飛魄散、落荒而逃——稀奇的是，嬌娜不嚇醫護人員，專嚇各路師父，這讓梁媽媽更加確信，嬌娜就在小梁身中。

兩週來，梁太太彷彿老了十歲不只，白髮多了數倍、眼圈浮腫、神情憔悴，和最初拜訪通靈事務社時那優雅滋潤的模樣大相逕庭。

束手無策的她，終於拉下老臉，上門跪求文孝晴再次出馬。

文孝晴一語不發，默默望著小梁好半晌都沒出聲。

一旁的梁媽媽神情焦急，顫抖地說：「我……我可以付你們兩倍甚至三倍的酬勞……只求你們救救我兒子……他現在……根本像是在地獄裡受罪，你們可以想像嗎……活活一個人，被綁在地獄裡受罪……」梁媽媽說到這裡，再次泣不成聲。

文孝晴苦笑搖搖頭，說：「梁媽媽，我還沒答應接下這筆委託，先別跟我談酬勞，且我們就算接下委託，價碼和上一次完全相同，我們不會坐地起價。」

「是……是……」梁媽媽點頭拭淚，拉著文孝晴胳臂問：「我該怎麼做，妳才願意救我兒子……」

「這……」文孝晴嘆氣說：「梁媽媽，妳要我救妳兒子。但這就是最大的問題——我能救到什麼程度？」

梁媽媽困惑問文孝晴：「這……是什麼意思？」

文孝晴苦笑解釋：「鬼確實有辦法讓正常人長睡不醒，但醫生說妳兒子是因為溺水造成腦部缺氧，所以昏迷不醒，有可能成為植物人——而我看得見鬼、能和鬼溝通，但我沒辦法治好一個腦部缺氧的病人。我頂多只能替勸嬌娜離開他的身體，別繼續在夢裡折磨他，這一點，妳得做好心理準備。」

「是……嗚嗚……」梁媽媽聽文孝晴這麼說，登時全身癱軟，被一旁謝初恭攙著胳臂，這才沒有倒地。

「再來是第二件事。」文孝晴繼續說：「妳剛剛說，妳兒子在地獄裡受罪——但妳好像忘了，妳兒子待了兩週的地獄，嬌娜在裡頭待了整整兩年，妳兒子現在受到的折磨，都是之前你們施加在嬌娜身上的內容；妳看自己兒子受苦，心要碎了，那嬌娜的父母呢？他們的心不會痛嗎？還是——」文孝晴這麼說時，往前走了半步，微笑望著梁媽媽雙眼，說：「妳覺得嬌娜比妳和妳兒子低賤，所以同樣的事，發生在她身上就可以，發生在妳兒子身上，就不行？」

「我……我我……」梁媽媽流淚顫抖地低下頭，緩緩又要下跪，卻被文孝晴拉住胳臂，不讓她跪。「梁媽媽，妳要跪也不是跟我跪，妳欺負的人不是我——這幾天妳去警局舉報妳兒子性侵移工了嗎？」

「警局……不行、不行……」梁媽媽一聽文孝晴提起警局，連連搖頭，哭著哀求。「這樣我兒子……一輩子都完了……」

「嗯。」文孝晴冷笑一聲，翻了個白眼，拖著梁媽媽胳臂、抓著她的手放上小梁手背，淡淡說：「來，妳自己跟她說。」

梁媽媽登時兩眼一翻，腦袋一歪像是失去意識。

謝初恭連忙拉起病床簾子，靜靜守在病床外，他知道此時文孝晴帶著梁媽媽進小梁夢裡見嬌娜了。

□

一小時後，文孝晴和謝初恭從臉色發白的梁媽媽手中，收下這件二度委託案的尾款，啟程返回通靈事務社——這筆委託案的金額，只是梁媽媽上午帶去通靈事物社裡那只紅包裡的十分之一不到。

梁媽媽則乖乖按照文孝晴指示，靜靜等待數封夾帶影片檔案的電子郵件，準備上警局舉報兒子小梁性侵移工——這是文孝晴和嬌娜最初的計畫，或者說「談判結果」。

當時文孝晴在嬌娜指引下，帶著謝初恭在河邊找回嬌娜的手機，上門交給小梁，讓嬌娜藉文孝晴的手，通過手機附在小梁身上——畢竟不是每隻鬼都那麼厲害，想上誰身就上誰身，否則小梁母子第一天就跳河了，連作惡夢也省了。

文孝晴雖然幫助嬌娜反咬梁家母子，卻也沒忘記替自己委託人爭取某些有利條件，她對嬌娜提出了一個請求，那就是倘若小梁拿著手機上警局自首、乖乖接受法律制裁，嬌娜就放小梁一馬，別取他性命。

這是她們討論過後，決定給予他的最後機會。

顯然小梁並不珍惜這樣的機會。

於是嬌娜帶著他往河裡走。

醫院病床簾內那場夢境裡，由於文孝晴在場的緣故，嬌娜和生前差異不大，她對跪在她面前哆嗦不已的梁媽媽說，她也不曉得小梁是不是真的缺氧到變植物人，她不懂那些醫學知識，只知道當時她附在小梁身上，走進河裡，感覺到河水冷得嚇人，很快就爬上岸了，她其實膽小又心軟，尤其和文孝晴相處過後，心智逐漸清醒，儘管附在仇家身上，但要膽小的她親手淹死一個活人，終究還是太勉強了。

嬌娜說她也不清楚自己離開後，小梁究竟能不能醒來，但倘若梁媽媽已經認清到自己和兒子做錯了，且願意親手讓兒子接受法律制裁，那麼她就願意離開，小梁即便醒不來，也不會繼續在夢裡吃餿食、捱耳光、像條狗似地在地上爬了。

梁媽媽哭著答應了嬌娜的請求，但又說兩週前她從醫院取回小梁隨身雜物裡，確實有嬌娜手機，當時她看也不看，直接扔了，上了警局也無憑無據，警察或許不會受理。

文孝晴打岔說不要緊，當天她交出手機前，已在嬌娜同意下，將證據檔案全備份了，梁媽媽只要醒來後，用手機收信即可。

「老實說，我不覺得梁媽媽真心覺得自己跟兒子做錯了。」

餐廳裡，謝初恭切著牛排，喃喃地說：「雖然我剛剛看起來像是在發呆，但其實我都仔細在看，梁媽媽雖然哭得很誠懇、頭也磕紅了，但是我發現梁媽媽都會在妳視線移開的時候，露出不耐煩的表情。」

「無所謂。」文孝晴淡淡說：「我根本不在乎她是不是真心悔改，我又不是她媽，她是好是壞跟我一點關係也沒有。我只知道，她現在沒有別的選擇了。」

「也是。」謝初恭點點頭。

嬌娜在夢中對梁媽媽說，她離開小梁身體之後，依舊會定期去「拜訪」梁家，倘若梁媽媽往後故態復萌，又開始欺負移工，又或是等等收到信件後立刻反悔，不去警局，改找其他捉鬼大師幫忙——那就做好這輩子再也別睡覺的準備吧。

CASE# 02
老同學

本次案件委託人來信，說有隻鬼糾纏他們全家好幾個月了。

一開始全家作惡夢——對，又是惡夢，阿晴說大部分的鬼都只能夠影響人類心理狀態，而人類心理狀態最容易受影響的時候，就是睡覺的時候，或者說，是「快速動眼期」的時候，也就是作夢的時候。

進階一點的鬼，能影響人清醒時的心理狀態，影響他的情緒、干擾他的心智。

更厲害一點的鬼，能夠上人身，沒錯，就是電影裡的「鬼上身」。

阿晴說鬼上身也有不同階段，初級的鬼上身，就只是單純「窩」在人身中，什麼也不能做；中級的鬼上身，可以進一步影響人類心智，像是一個催眠大師，長期對著你耳朵說話，讓你長期處於催眠狀態；高級的鬼上身，能夠直接控制你的身體，你的手變成他的手，你的腳就是他的腳——但每次控制心智跟肉體的時間能夠持續多長，就看每隻鬼道行高低了。

糾纏本次案件委託人的鬼，就是一隻能夠上人身的鬼。

雖然現在那隻鬼控制委託人身體的時間，無法持續太久，但已足夠危害委託人全家生命安全了。

委託人懷疑那隻鬼，是他和妻子的高中同學，這封信下半段，寫了好多他們高中大學時的事，這部分我就不錄進案件檔案裡了，我猜委託人此時心理狀態應該瀕臨崩潰邊緣，像是快被搞瘋了。

雖然我還不確定他這封信裡的內容真實度有多高，畢竟許多精神方面的疾病，都會讓人以為自己被鬼糾纏……總之等明天阿晴見到委託人夫妻，就知道是真是假了。

「嗯，是真的。」文孝晴望著眼前模樣憔悴、神情惶恐的夫妻，說：「那位仁兄現在就在許先生身體裡，還看著我笑呢。」

夫妻倆約莫三十來歲，聽文孝晴說鬼此時此刻就附在許先生身上，不由得哆嗦起來。

「妳能不能幫我問問……何齊，他……到底想幹嘛？」許先生長長嘆了口氣，說：「我實在不記得自己做過什麼對不起他的事……」

許太太在一旁補充：「以前一直是他在針對我跟文傑，我們從來沒有主動傷害過他。」

文孝晴默默不語望著許先生，但她其實不是看許先生，而是看著許先生身中的他——何齊。

何齊和許文傑老家僅隔數條街，兩人就讀同一所國中、同一所高中、同一所大學。

高中時，還不是許太太的林蕙妮，猶如漫畫裡的絕美女主角，周圍散發出耀眼光芒的網點效果，在導師帶領下踏進教室，正式從外縣學校轉進兩人班級。

三週後某天放學，何齊自信地向林蕙妮遞出告白卡片。

當場就被退回了。

三個月後，許文傑和林蕙妮在校外約會的傳聞傳遍全班，甚至是全校——許文傑成績優越、運動也在行，從入學開始，就是校內風雲人物。

何齊也差不多，甚至家中更有錢、成績更好一滴滴、運動則不相上下。

這兩位強者同處一班，究竟誰更棒些，一直是校內眾人課後話題之一，甚至有些好事同學，喜歡在學校定期大考或是運動比賽前，做莊讓同學下注，對賭兩人這次成績勝負，然而結果時常是這次許文傑贏，下次換何齊勝，兩年多來，兩人始終有來有往，沒有一個同學敢打包票這盤押誰必勝。

也因此，這次何齊卡片遭到林蕙妮退回，許文傑卻在公園笑呵呵吃著林蕙妮親手做的手工點心的傳聞，瞬間像颱風過境般襲捲全校。

兩年多來關於許文傑與何齊孰優孰劣的爭論，似乎在這瞬間出現了結論。

又過了幾週，校長室連續幾天收到線報，內容全是許文傑和林蕙妮校外約會蒐證，有電影院、公園、美術館、藝文特區——其中幾張蒐證照片，拍得十分浪漫唯美，甚至接近青春愛情電影的男女主角劇照。

校長為此將許文傑和林蕙妮叫進辦公室問話——問兩人最近是不是和哪位同學結了仇，怎麼會被這樣針對。

許文傑和林蕙妮心中隱隱有數，但沒多說什麼，只說兩人是為了考上好大學、替學校爭光，所以課後相約讀書，讀累四處逛逛、吃點東西，並沒有什麼曖昧關係。

校長呵呵笑說用功讀書很好，但記得要注意衛教保健，保護自己也保護對方，除此之外，也沒什麼好說的了，畢竟林蕙妮已滿十八歲、許文傑還差兩個月，兩個都是大人了，且兩人校內成績，要讀知名大學是易如反掌的事，再對兩人強調課業至上這種事，有點多餘了。

兩人笑嘻嘻地回到教室，和同學說校長人很好，叮嚀他們好好待對方，將來要是喝喜酒，別忘了寄張喜帖回學校。

於是兩人從先前低調約會，變成了公開的班對。

數天後，打小報告的同學在網路上與其他同學的通訊對話被公布出來，是何齊付錢給他，要他想辦法刺探許文傑約會行程，偷偷跟拍。

這位同學找來學攝影的哥哥幫忙，替許文傑和林蕙妮拍出一張張漂亮照片。

自此，何齊在全校同學心中經過人品加權之後，已經無法排在第二，而是墜進谷底。

何齊也因此在高中最後度過了人生最慘澹、最難堪的兩個月。

數個月後，三人進了同一所大學。

何齊想要扳回一城，動用一切關係拉幫結派，結識當時準備競選連任學生會長的學長，與之搭檔，也順利選上副會長——然而那時的許文傑，卻一點也沒有和何齊競爭的意思，他和林蕙妮一同加入學校攝影社團，課餘時間四處遊山玩水，拍攝一張張漂亮照片，發布在校刊和個人社群媒體上。

何齊剛選上學生會副會長的隔天，領著幾個學生會跟班，刻意在校園廊道裡與許文傑和林蕙妮「偶遇」，像是對許文傑宣示自己的勝利，又像是向林蕙妮表示她選錯了人。

但許文傑和林蕙妮卻一點也沒有露出「落敗」的模樣，反而笑著恭喜他，繼續自顧自地聊著下個月連假時，攝影社那場三天兩夜、拍攝星空與日出的社團旅遊活動。

何齊望著兩人親暱討論的身影，覺得刺眼到了極點。

他動用學生會人脈，拉攏了幾位負責學校社團財務分配的師生，強行介入學校攝影社運作，找了個莫名理由大砍社團預算，目的是要破壞許文傑和林蕙妮期盼已久的星空與日出攝影旅遊活動。

然而何齊這番舉動，卻激怒了攝影社幾位學長姊——何齊爸爸有錢，但這間名校裡的學生們，也不缺有錢爸爸。

幾個學長姊們甚至沒動用家裡背景，僅僅敲碎幾只小豬撲滿，便輕易湊出三倍經費，舉辦了比原本規劃更為盛大的攝影之旅。

攝影社學長姊們在攝影旅途裡與許文傑和林蕙妮的閒談中，總算弄懂了兩人自從入學之後，何齊這條瘋狗總是死咬著他們不放的原由。

在那數天旅途中，學長姊們特地額外替許文傑和林蕙妮拍攝一組情侶特輯。在後來舉辦的社團攝影展覽裡闢出一塊小空間，展出這組照片，博得了滿堂彩，讓許文傑和林蕙妮再次成為學校裡人盡皆知、人人稱羨的一對。

展覽第五天一早，攝影社社員剛進展場，發現許林兩人照片被奇異筆塗得面目全非，只好全數撤下。

展覽第六天，重新洗出許林兩人的照片，再次擺上展場。

第七天，許林兩人照片再次遭人破壞。

第八天，本來許林兩人展區的情侶特輯，變成另一組奇妙特輯——前幾張照片內容，是兩個年輕人躡手躡腳潛入展場，逼近許林兩人展區。

接下來幾張照片，兩個傢伙拿著油漆筆對著許林兩人照片胡亂塗鴉、替兩人畫出生殖器和大乳房，還寫下「姦夫淫婦」、「狗男女」等字樣，最後用手機拍攝塗鴉成果。

再下來幾張照片，兩人走出展場，走過一條小路，來到體育場後方，與第三人會合，向他展示手機。

這第三人，就是剛當選學生會副會長的何齊。

原來攝影社學長姊特地將許林兩人照片展出，是故意向何齊示威，報復他靠關係大砍攝影社預算之仇，沒料到何齊竟找人破壞照片；學長姊們腦筋動得也快，立刻召集全社成員，加洗許林照片，在展區安裝針孔攝影機，且出動多人在校內各處埋伏，大夥兒帶著單眼相機暗自跟蹤破壞展場的兩個傢伙，直到拍下何齊身影。

這奇妙攝影特輯的最後，還附上一段小故事。

講的正是何齊高中時被林蕙妮拒絕，然後找人偷拍許林兩人校外約會，還把照片寄到校長室的往事。

一週後，何齊在學校罷免副會長戲碼上演至最熱烈之際，主動請辭。之後猶如人間蒸發般不見蹤影，只有重要考試時才戴著口罩現身校園，如此撐到下學期結束，總算取得成績單，辦理轉學考，遠赴外縣市學校就讀。

二年級時，許林兩人在網路上遭受到凶猛攻擊。

攝影社學長姊們找來資訊系同學幫忙人肉搜索，果然又是何齊。

學長姊們將何齊所作所為整理成懶人包，詳附照片證據，貼上何齊學校論壇。

那時身處外縣市學校的何齊競選學生會長失利，在校內追求學妹也不順遂，閒暇時上網攻擊許林宣洩怒氣，卻又被這波輿論反擊殺得措手不及、全校皆知，也讓本來只是客氣婉拒他邀約的學妹，更加疏遠他。

不久後，他跟蹤學妹返家，路上和學妹起了爭執，他強拉學妹手腕不讓她走，學妹打他一巴掌，他回擊學妹眼窩一拳，被路人聯手壓制報警。

何齊媽媽趕到警局時，一邊數落警察小題大作，說不過是小孩子感情糾紛，何必浪費警力資源；一邊責備學妹媽媽不管好自己女兒，把女兒教得這麼欠打——她堅持一定是學妹先動手、說了許多難聽的話，才令自己寶貝兒子迫不得已動了手。

學妹媽媽氣炸，打電話向學妹的舅舅告狀，請哥哥出面教訓這家人。

何齊媽媽笑著要她儘管搬救兵，說自己老公家大業大，還遞了張名片給學妹媽媽，又笑她戴著的手鐲，像是地攤便宜貨。

當晚，何齊爸爸把何齊痛揍一頓，押著他去醫院向學妹賠罪，被學妹媽媽轟出病房——學妹的舅舅，是何齊爸爸費盡千辛萬苦拉攏到的大客户，本來準備數日之後簽約。

一張極其重要的合約。

對何齊爸爸來說，學妹舅舅這筆生意要是丟了，公司也差不多完了。

對學妹舅舅來說，何齊爸爸只是數不清想要承接他這筆訂單的廠商之中，條件稍微優渥一滴滴的其中一個——但何齊那一拳，把這一滴滴的優勢給打成了負數。

何齊爸爸丟了這筆本來幾乎到手的超級訂單，花費鉅資添購的設備無用武之地、新聘的人手無事可做、本來陸續推掉的小訂單也求不回來、積欠的幾筆款項都即將到期——

數個月後，何齊爸爸公司破產，變賣房產償還欠款。

那時遭到退學的何齊，也和爸媽一齊搬出從小到大居住的豪華別墅。

何齊父母租了間小套房，各自找了工作，決心從頭開始。

何齊媽媽不忍讓寶貝兒子放棄學業，又怕他和父母擠在同間小套房裡難受，便將何齊送去阿姨家中借住，叮囑他專心唸書再一次準備轉學考，爸媽會想辦法擠出學費供他繼續學業。

但何齊窩在阿姨家，老覺得表弟妹瞧不起自己，時常與表弟妹和阿姨起口角，有天吵過火了，還和表弟妹動起手來，被忍無可忍的姨丈連人帶行李全扔出家門。

不知該去哪裡的何齊，掏出媽媽在餐廳裡連續洗十幾個小時的碗，賺來給他當零花的幾張大鈔，買了高級洋酒、點心和一袋木炭。

他提著酒菜和木炭回到老家別墅，仗著新屋主尚未搬入、也未換鎖，拿舊鑰匙開門進屋，回到自己房間，用膠帶封死門窗，點燃木炭，又哭又笑地享用人生中最後一頓盛宴。

當何齊重新恢復意識之後，發覺周遭變得不一樣了。像是經過了許多年。

本來的老家別墅已經不見了。取而代之的是一棟嶄新大樓——他自幼生長的老家別墅，連同鄰近住宅，變成了這棟高級飯店。

他在飯店裡飄來盪去，意識有時清晰、有時模糊，有時隱隱知道自己已經死了，化為亡靈，有時又覺得自己好像還是學生，應該要去學校，但不知為何逗留在這個地方——他偶爾會試著尋找離開的路，但似乎怎麼也走不出這個地方。

又有時候，他會覺得胸口積著一股怨氣，隱隱覺得外頭的世界，有幾個令他極度怨恨的對象。他覺得自己之所以會這麼痛苦，全是他們害的。

他要報仇。

他就這樣過了很久很久，有一晚，他在這棟高級飯店裡，見到許文傑和林蕙妮帶著十歲孩子前來飯店投宿。

那天是許文傑和林蕙妮的結婚紀念日，畢業之後遠赴外地工作的兩人，事業有成，心血來潮想回老家逛逛，入住這間飯店。

但他們並不知道這飯店原址就是當年何齊老家。

他們早忘了何齊這個人了。

但何齊一見到他們，本來支離破碎的記憶，轉眼拼湊完整，全都想起來了。

那股積壓多年的怨恨，終於找著宣洩的出口。

但何齊道行其實並不太高，他只能跟著許文傑與林蕙妮返家——他記憶恢復之後，心中某個死結打開，便能夠離開那棟飯店了。

然而，那個怨念凝聚成的死結，才剛解開，便立刻纏綁上更重要的對象。他見到許林兩人那漂亮的家、見到他倆可愛的孩子、見到他們各自擁有的體面工作、見到他們互相凝望對方的神情，一點一滴，都令他心中憎恨與日俱增。

他本來平平無奇的道行，竟也隨著這份怨念突飛猛進。

他起初發現自己可以進入他們夢中嚇唬他們，令他們半夜驚醒、令他們整晚睡不好、起床時也帶著一身疲憊。

跟著，他發現自己能夠影響他們情緒，讓他們心神不寧、讓他們眼皮猛跳、讓他們焦躁不安——當他看著許文傑和林蕙妮因此發生爭吵時，就開心得不得了。

再接著，他發現每天太陽下山後，他對他們一家心智的影響就會變得更加顯著，且能更加隨心所欲地進犯他們的夢境，在夫妻兩人的夢境中現身。

他最喜歡的夢境劇情，是自己身穿高中制服，在林蕙妮與同學們的圍觀下，揪著許文傑狂毆猛揍，最後抬腳踩著許文傑的臉，一邊摟著林蕙妮狂吻。又過幾天，何齊覺得夢終究是夢，不夠過癮，他想要更真實地揍許文傑、吻林蕙妮。

他嘗試附身控制兩人身體，起初動動手指、眨眨眼皮，同時控制兩人心智，經過數天練習，他越來越熟練了。

前天深夜，他附上林蕙妮身，先是狠甩許文傑巴掌，跟著狂笑掀翻客廳桌子，再將六十吋大電視翻倒在地，將兩人孩子嚇得拔聲大哭，就在他跨步要打孩子時，被許文傑攔下，同時他感到林蕙妮有意識地抗拒他接下來的動作，他這才發現自己失去了林蕙妮身體的控制權——這已是他練習附身近兩週來，控制時間最長的一次，足足四十六秒。

昨晚睡前，他附上許文傑身，強扯林蕙妮睡衣，林蕙妮第一時間就察覺眼前丈夫有異，死命抗拒，還捱了兩巴掌；許文傑也奮力抵抗，又奪回身體控制權。

這次稍短些，僅三十秒左右。

但何齊十分滿意。

他知道自己會越來越進步，即便只有三、四十秒，只要他想，有太多方法可以飛快結束兩人生命——但他想玩久一點，他想看更多兩人驚慌錯亂崩潰的模樣，這能讓他十分快樂，有種多年怨恨得到抒解的快感。

但他不知道的是，平時白天他窩在許文傑或是林蕙妮身中沉睡時，夫妻倆各自在辦公室裡，也會彼此傳訊商量對策，他們找著了通靈事務社，寫了封長信求救，且在今天登門拜訪。

許文傑剛踏進事務社大門，見到文孝晴，身中的何齊便醒來了，他很少在中午前醒來，正午前後數小時，是他最虛弱、什麼事也不能做的時候。

他明顯感到，眼前的文孝晴散發著一種與常人不同的氣場。

但他覺得無所謂，他一直對自己深具信心，尤其在女人面前，他的自信心就會無限膨脹，讓他覺得自己無所不能、讓他以為只要開開口、挑挑眉，對方就會難以自拔地愛上他，因此他總是習慣高姿態地和女人相處，他覺得她們都該像他媽一樣疼愛他，如果沒有，那表示她們壞掉了，需要被修理。

他在許文傑身中，見到文孝晴瞅著他冷笑。

他知道文孝晴應當看得見自己，且似乎挺欣賞自己——不，說不定已經愛上他了。

文孝晴做出指示，要現場包括自己在內的四人，手搭著手，低頭閉眼。

何齊感到有股濃濃的睏意襲上心頭，他睡著了，還作了夢，夢見許多學生時代的往事……

不知過了多久，他睜開眼睛，發現自己身處高中教室角落，教室中央，則坐著文孝晴四人。

他們似乎在聊著什麼。

□

「你們說的沒錯，你們確實沒主動招惹那傢伙，是那傢伙一直針對你們。」文孝晴望著許文傑和林蕙妮。「整段經過我大概都快轉看完了。」

許文傑和林蕙妮則一臉茫然，像是大夢初醒般，喃喃說：「我們……現在還在作夢？我們睡著了？」

「是的。」謝初恭在一旁搓手解釋。「這是本社談判專家阿晴的其中一種能力，她只要觸碰到被鬼附身的人，就能讓雙方連同身體裡的鬼，一起進入夢境，看見人鬼過往回憶，快速釐清事實、尋找真相，避免各說各話。」

「是啊。」文孝晴微笑說：「畢竟我們碰過不少惡人先告狀的案例，所以如果可以的話，眼見為憑是最好的，我剛剛快速看完你們高中時發生的事，大概弄清楚前因始末了，從頭到尾，問題都出在——」文孝晴說到這裡，轉頭望向坐在角落的何齊。「哦！你也醒啦。」

「……」何齊緩緩起身，走到四人面前，恨恨瞪著許文傑和林蕙妮，見兩人滿臉恐懼，不由得有些得意，冷笑說：「你們也有這麼一天啊。」

「真……真的是他……」林蕙妮忍不住將身子更靠近許文傑，害怕地說：「他變鬼了……」

許文傑沒說話，但臉上同樣也帶著懼意，好半晌才說：「何齊，我跟蕙妮到底……哪裡得罪你？你要這樣害我們？」

「哪裡得罪我？」何齊睜大眼睛，瞪著許林兩人。「我轉學之後，你們再也沒關心過我啦？你們不知道後來我怎麼了嗎？」

「我們知道……」許文傑和林蕙妮一齊點點頭。「我們有聽說你的事，可是……」

「等等！讓我來跟他說吧。」文孝晴突然揚手阻止許林兩人說話，對何齊說：「我發現你有點誤會。」

「我誤會什麼？」何齊瞪著文孝晴。

「你是不是把他夫妻倆的恐懼，誤會成了『心虛』？你覺得他們對不起你？所以見到你才心虛？」文孝晴淡淡笑著說：「你錯了，他們的反應，是一般人見到鬼的反應，你生前要是見到鬼，也是這種反應。」

「妳說什麼，妳……」何齊氣呼呼地正要開口說些什麼，文孝晴又搶先開了口。

「剛剛你們作了快兩個小時的夢，我快速看過你們生前糾紛，像是看了一部滑稽爛片。」文孝晴冷眼望著何齊，說：「從頭到尾，人家都沒找過你麻煩，都是你主動找人家麻煩——所以我真搞不懂，你滿腔怨氣到底從哪冒出來的？」

何齊雙眼爬滿血絲，露出猙獰鬼相，咬牙切齒地說：「如果不是他們……我會這麼慘嗎？他們害我害得還不夠？」

「你成績不是很好嗎？為什麼思維邏輯這麼畸形？」文孝晴說：「當年許太太拒絕你的告白，選擇和許先生在一起，有錯嗎？那時你會被全班排擠，是因為你背地裡找人麻煩，結果被揭發。後來上了大學，你還不放過人家，先破壞人家社團活動、又破壞人家展覽照片，破壞一次還不夠，還要破壞第二次，結果又被抓個正著，引起公憤，所以被同學罷免——你在大家眼中之所以這麼醜陋，是因為你一次又一次做出醜陋的舉動。你害人在先，受到惡報，不怪自己，卻怪別人害你出醜？就好比小偷行竊，被人報警抓去坐牢，不檢討自己，反而怪人家報警，這說得過去嗎？你判斷是非對錯的標準，是跟下水道裡的蟑螂老鼠學的？」

「嘶——」何齊被文孝晴這頓連珠炮般的指責，氣得整張鬼臉黑筋滿布、兩隻眼睛殷紅似血、全身凶氣爆發，暴吼一聲撲去掐文孝晴脖子。

但他整個身體穿透文孝晴身子，衝到文孝晴身後，撞著桌椅，癱坐在地。

這是夢境，且是由文孝晴主導的夢境。

「別怪我沒提醒你。」文孝晴微笑俯視地上的何齊。「現在這個地方，是我的主場。」

●

許文傑和林蕙妮本來見何齊凶相畢露，兩人摟在一起、不停顫抖，但瞇著眼睛見到何齊狼狽模樣，驚覺文孝晴原來這麼厲害，本想幫腔說些什麼，但見何齊那雙紅通通的鬼眼，又不敢多說什麼。

「妳……」何齊暴怒大吼。「妳以為妳可以這樣保這對狗男女一輩子？妳有本事就別讓他倆醒來，讓他們睡一輩子！」

「當然不行，我沒那麼閒。」文孝晴搖搖頭。「他們也要工作、要照顧孩子、要正常生活。」

「那就對啦！」何齊翻身站起，尖聲厲笑：「等太陽下山，就回到我的主場啦——這兩個賤貨，就算躲得了今天，也躲不了明天，躲得了明天，也躲不了一輩子，我多的是時間慢慢跟你耗下去！你聽好了，只要給我三十秒——」

他說到這裡，倏地湊到許文傑和林蕙妮身邊，將臉湊在他們面前，猙獰地對許文傑說：「就夠我把你的『蛋』捏碎啦……」跟著冉對林蕙妮說：「蕙妮，妳呢？妳想我怎麼對付妳……」

但他還沒說完，被文孝晴自後拉住胳臂，將他拋回原本角落座位上。

「夠了。」文孝晴擋在許文傑和林蕙妮身前，扠著手對何齊說：「前一件案子的委託人問我，如果有天碰到不講理的惡鬼時該怎麼處理？我想了想，還沒有結論，結果這麼快就讓我碰到了。」

「所以妳的意思是，妳根本拿我沒辦法？」何齊厲笑又想起身，卻驚覺身子無法動彈，有些錯愕，說：「妳……妳對我做了什麼？這是什麼法術？」

「不是法術，只是夢。」文孝晴搖搖頭。「實際上我不懂什麼驅鬼的法術，頂多陪著當事人跟當事鬼作場夢，你只是困在我的夢裡，且我不能困你太久，很快我們都要醒來了。」

「很好……」何齊聽文孝晴這麼說，彷彿鬆了口氣，嘿嘿笑著說：「那妳等著看好戲吧，看我怎麼玩死這兩個賤人。」

「嗯，就當我好奇問問吧。」文孝晴問：「你玩死他們之後，接下來呢？再去玩其他人？」

「是啊。」何齊笑著說：「那個學妹，還有她媽……這兩個婊子，叫她舅舅取消我爸工廠訂單，害我爸工廠倒閉、害我無家可歸……啊！還有我表弟、表妹，阿姨跟姨丈……這些害過我的人，一個也別想跑，我要一個一個玩死他們，嘿嘿、嘿嘿嘿……想到這裡，就好興奮呀！」他說到這裡，瞪著文孝晴。「玩死他們之後，就輪到妳了，妳不知道我進步得有多快，到那時候，妳這怪把戲說不定就困不住我了，到那時候，我也要狠狠、狠狠地玩妳呀，妳想我怎麼玩妳呢，要不要……」

何齊猙獰地說起玩弄文孝晴的方法，被謝初恭走來捏住嘴巴，不讓他繼續說下去，和他大眼瞪小眼。謝初恭問：「阿晴啊，妳想到怎麼處理他了嗎？這臭小子幹話我實在聽不下去了，成績好有什麼用，內心有夠扭曲……」

「辦法我早想好了。」文孝晴說：「我剛剛說還沒有結論，不是拿他沒辦法，只是在想該不該做這麼絕，但聽他這樣講，我覺得可以。嗯，就這樣對付他吧。」

「妳要怎樣對付他？」謝初恭這麼問，陡然感到四周一陣亮白，跟著天旋地轉，然後他睜開了眼睛。

許文傑和林蕙妮也醒了，兩人彷彿驚魂未定，嚥著口水看看彼此，又看看文孝晴，喃喃說：「文小姐，妳有辦法……幫我們趕走何齊？」

「有。」文孝晴點點頭，微笑說：「我會讓他這輩子再也沒辦法來找你們麻煩。」

「什麼辦法？」謝初恭問。

「我們好久沒去拜訪黃老先生了。」文孝晴笑著對謝初恭說：「等等買兩瓶高粱、帶點小菜，找他老人家吃頓飯吧。」

□

正午時分，謝初恭那輛老爺車，停在半山腰上一處社區巷弄盡頭。

許文傑和林蕙妮坐在後座，茫然望著一旁那棟陰鬱的獨棟別墅。

剛剛文孝晴獨自下車，走進別墅，已過了將近十分鐘，夫妻倆一時也想不透文孝晴帶他倆來這兒究竟想做什麼。兩人只能暗暗猜測，文孝晴口中那位黃老先生，說不定是個法力高強的修行人，她想請那位黃老先生幫忙處理附在許文傑身中的何齊。

「嗯……」坐在駕駛座盯著手機的謝初恭，聽後座林蕙妮這麼問，先是遲疑幾秒，瞧瞧後照鏡說：「差不多的意思吧……許太太妳放心，那位黃老先生呢……脾氣雖然有點古怪、行為也……但他跟我們談判專家阿晴有些交情，肯定會出手幫忙……」

他還沒說完，手機叮咚一聲，文孝晴傳來訊息，稱她與黃老先生談妥了，說他可以將夫妻倆帶進別墅了。

謝初恭提起兩大袋酒菜，領著夫妻倆下車，走入別墅庭院。

許文傑和林蕙妮不約而同瞇著眼睛往天空瞥了瞥，此時是正午時分，太陽就掛在頭頂正上方，但不知為何，夫妻倆一踏入庭院，都感到有些陰寒。

謝初恭提著酒菜，領著夫妻倆走進別墅。

別墅客廳家具上都鋪著防塵白布，只有一張原木大餐桌上的白布，被扔在角落。

文孝晴正從廚房捧出一疊碗盤擺上餐桌。

謝初恭立時加快腳步，提著酒菜來到桌旁，從袋中取出兩瓶高粱，擺上餐桌主位，然後招呼許文傑、林蕙妮入座。

許文傑和林蕙妮剛剛坐下，便聽見客廳喀啦一聲，竟是剛剛進來時沒有順手帶上的大門，自己關上了

兩人互望一眼，只覺得這棟別墅有種說不出的詭異，但又不敢多問。

「沒事沒事。」謝初恭像是猜著兩人心思，苦笑安撫說：「我保證許先生跟許太太絕對不會有事，應該說一直到剛剛停車之前，我還擔心許先生身體裡

那位何先生，路上會做出什麼事，雖然現在是大中午，太陽大得嚇死人，但阿晴說何先生資質挺好，進步很快，所以我還有點擔心他突然控制你的手來搶我方向盤……不過進來這裡，就沒問題了。」

「所以，這個地方到底……」許文傑說到一半，身子突然一扭，神色丕變，四肢古怪掙動幾下，神情像是換了個人般，嘻嘻冷笑兩聲，連聲音也不一樣了。

「對呀……這裡到底……是什麼地方？」許文傑神情陰邪，笑著望望林蕙妮。「好涼快……一點也不像白天……簡直就像是半夜……不，比半夜還涼，不像是人間的那種涼……」

「你……」林蕙妮顫抖起身，退開幾步，望著許文傑說：「你……你是何齊……你搶了我老公身體……」

「對呀，怎麼了？」許文傑扭頭瞅著林蕙妮，冷笑說：「剛剛在那女人的夢裡我不是說了？妳都忘記啦？我不但要妳老公的身體，我還要妳的身體，我要慢慢、慢慢，玩死你們兩個人。」

「來。」文孝晴拍拍林蕙妮的肩，攙著她來到謝初恭座位旁，說：「妳坐我旁邊好了。」她一面說，一面輕踢謝初恭讓座。

「喔……」謝初恭只好起身將自己的座位讓給林蕙妮，自己往右挪了一個座位。

「這地方……這地方真的很妙……」許文傑撐著桌子站起，望著自己雙手，又動動雙腳，讚歎說：「進來之後，我覺得像是活了過來一樣，之前我附他們身體時，沒這麼順哪。」他抬頭，望著文孝晴。「這到底是什麼地方？」

文孝晴微笑說：「是鬼屋。」

謝初恭連忙安撫身旁林蕙妮，說：「許太太，妳別怕，這間屋子的主人黃老先生，跟我們阿晴交情很好的！他絕不會害阿晴的客人，也就是二位……」

「所以……」林蕙妮怯怯地說：「黃老先生……也是鬼？」

「嗯，這個嘛——」謝初恭笑著望向文孝晴，像是不知該不該誠實以告。

「是。」文孝晴點點頭，望著林蕙妮說：「黃老先生，是鬼，還是位道行極高的鬼，他的道行，差不多是——」她揚手指了指對面許文傑。「這位何同學的幾百倍吧。」

「妳少吹牛了！」許文傑磅地拍桌站起，抄起桌上一只碗就要往文孝晴砸——但他舉碗那手，被身後一隻手牢牢握住。

那是個濃妝艷抹的中年女人。

中年女人穿著漂亮禮服，頸上有道醒目紅痕、兩隻手腕和雙踝上也都有道紅痕。

女人將許文傑按回座位，從他手上搶下那碗，笑呵呵地說：「黃老先生難得和客人吃飯，你也敢搗亂呀……」

「噫……」許文傑——何齊不久之前才覺得自己一身道行又進步不少，但被這四肢和脖子上帶有紅痕的中年女人按在座位上，立時感到她的道行可要高出自己太多。

「許太太應該有看過鬼片吧。」文孝晴微笑問著身旁的林蕙妮。

林蕙妮低著頭，避免和對面那紅痕女人對上眼——雖然文孝晴還沒介紹女人身分，但林蕙妮也感覺得出來那女人也不是人。

文孝晴點名幾部知名鬼片裡的知名女鬼，說：「那幾部電影裡的女鬼夠可怕了吧，但如果把『江姊』放進那些電影裡，應該不會輸給她們任何一個。」

「那當然啦……」江姊歪著腦袋，笑呵呵地說：「她們有我凶嗎？」

「原來大姊姓江啊……」謝初恭一面將帶來的食物裝盤，一面隨口搭話，和江姊眼神對上，連忙移開視線——這位江姊，就是先前酒紅色衣櫃案件裡那位分屍大姊，過去躲在衣櫃裡作祟時可凶惡了，自從隨著衣櫃搬入黃老仙家後，漸漸安分許多。

黃老仙替她解開綁死在衣櫃欄杆上的長髮，令她巡視整棟樓房和前後院，驅趕溜進地下室的蟑螂老鼠，儼然成了管家一般。

江姊雖然腦袋不再被綁死在衣櫃欄杆上，但心中的結仍繫在那座衣櫃上，因此也不會跑遠，且她其實挺享受這大宅環境——大宅裡的陰氣彷彿成為了衣櫃的延伸，讓她不用終日藏在小小的衣櫃裡，反而過得更舒適愜意。

且文孝晴不時會帶著有趣的遊戲上門找她玩。

例如現在——她受文孝晴請託，盛裝下來陪大家用餐。

「別怕。」文孝晴拍拍林蕙妮肩頭，說：「江姊雖然是厲鬼中的厲鬼，但她現在是站在我們這邊的。」

文孝晴剛說完，許文傑座位另一側又站起一個小男孩，他攀著桌子，看著謝初恭從包裝袋裡拿到桌上的菜餚。

「他是倫倫，是個可憐的孩子。」文孝晴簡單向林蕙妮介紹小男孩倫倫——晴天娃娃案件後，文孝晴將藏著倫倫的晴天娃娃帶回通靈事務社，繫在自己臥房窗上，平時偶爾會帶他到黃老仙家串門子，今天也是。

何齊霸佔著許文傑身體，望望倫倫、又望望江姊，終於露出害怕神情，跟著，他突然打了個哆嗦，驚恐望向通往二樓的樓梯口。

他像是觸電般亂顫亂抖起來，一面大叫：「為什麼？為什麼我出不去了？」

「因為黃老先生要教訓你了。」文孝晴微笑說：「剛剛我先進屋，就是進來向黃老先生告狀，他答應替我教訓你。」

「什麼？教訓我？」許文傑身子扭動得更加激烈，附在他身中的何齊費了九牛二虎之力，依舊無法離開許文傑身子——因為這間屋子的主人，不讓他離開。

樓梯口溢出一陣陰風。

走出一個穿著睡衣的老人，正是這大宅主人黃老仙。

黃老仙緩緩走來餐桌，入坐主位，一句話也沒說，瞧瞧桌上兩瓶高粱，然後盯著許文傑。

許文傑立時低下頭，身子不住顫抖。

謝初恭立時起身來到黃老仙身旁，揭開一瓶高粱，替他斟了一杯酒。

黃老仙捏起酒杯一口喝盡，眼神依舊沒有從許文傑身上離開。

「老老老……先生……」許文傑顫抖地開口。「其實……一切都是……誤會……」

許文傑身中的何齊，像是終於認清自己在這間別墅裡是多麼渺小，先前囂張氣焰消失無蹤，開始試著替自己辯解。「我只是……跟老同學……開開玩笑，我不是……」

黃老仙似乎一點也不想聽何齊解釋，放下酒杯，身影已經站在許文傑身旁，伸手蓋上許文傑腦袋，五指穿入許文傑頭蓋骨裡，跟著轉身往自己座位走。

許文傑顫抖幾下，翻了個白眼，身子癱軟趴倒在桌上，似乎暈了過去。

「別擔心，許先生等下就醒了。」文孝晴柔聲安撫林蕙妮。

黃老仙扣著何齊腦袋，將他魂魄拖回自己座位旁，跟著盯著謝初恭，指了指另一瓶沒開的高粱，開口說：「把這瓶酒開了。」

「是……」謝初恭像是個乖巧的學生般，快速揭開高粱瓶蓋，還將瓶蓋整齊放在瓶身旁，然後立時後退一步，雙手貼齊大腿立正站好。

黃老仙二話不說，拿起高粱酒瓶，揪起何齊魂魄往高粱瓶口塞。

何齊殺豬似地慘叫起來。

黃老仙也沒理他，一拇指一拇指地將何齊整個身子，按進高粱酒瓶裡。

「老先生……在做什麼？」林蕙妮害怕地低著頭，偷偷瞥黃老仙舉動。

「就像是虎頭蜂酒、蛇酒、老鼠酒那樣。」文孝晴說：「老先生在泡『鬼酒』。」

黃老仙足足塞了五分鐘，將何齊從頭到腳，全塞進了高粱酒瓶裡，這才拿起瓶蓋旋上，將整瓶「鬼酒」放在桌上，回頭看了謝初恭一眼。

謝初恭立時又上前，拿起第一瓶高粱，替黃老仙斟滿一杯。

「饒了……我……」何齊歪歪扭扭地擠在高粱酒瓶裡，咕嚕咕嚕地求饒。

「何同學。」文孝晴身子探前，對著泡在高粱酒裡的何齊說：「你跟許先生、許太太過去恩怨是非曲直，你心裡其實很清楚，你自己心胸狹窄，看誰都不順眼，卻怪別人得罪你。你接二連三出陰招、耍手段，卻又漠視自己先害人這個事實，再把你自己招惹來的惡果，全怪罪在對方身上，最後理直氣壯地要『報仇』、要玩死所有不順你意的人——你得搞清楚，不論是許先生、許太太，還是那位學妹、你阿姨一家，他們都沒有欠你，你沒有半點向別人報仇的資格。你心中那些怨恨、那些不甘，那些痛苦，全是你自己主動弄上身的。剛剛我們聊過，既然你沒辦法好好像人一樣地講道理，我只好帶你過來，讓黃老先生來教你講道理。你現在有很多時間可以重修這門課了。」

何齊在酒瓶中似乎有話想說，但黃老仙不想聽他說話，見他正要開口，便伸手搖搖酒瓶，令酒瓶裡的何齊像是洗衣機脫水般飛旋亂轉。

文孝晴見對面許文傑悠悠醒轉，便令謝初恭先送許文傑和林蕙妮離開，她要繼續在大宅裡陪黃老仙、倫倫和江姊用餐閒聊生活瑣事了。

CASE# 03
仙人掌

這次案件挺妙，委託人說自己最近一天到晚被仙人掌刺到，很痛，有時會痛到流眼淚。

委託人喜歡多肉植物，她在租來的套房裡種了十幾盆多肉植物，生刺的只有一種。

最早她以為是自己澆水時不小心碰到的關係。

但她很快發現跟澆水小不小心一點關係也沒有，因為她有時根本沒靠近仙人掌、甚至在睡覺、玩手機、洗澡時，都會突然被仙人掌刺到——

昨晚我跟阿晴看到這裡，都覺得她該看醫生了。

但她其實看過了，這一、兩週，她從神經內科看到身心科，醫生也搞不懂這是什麼毛病。

三週前，她差不多一天被刺兩、三次，到了這週，她一天大概會被刺十幾二十次，且被刺著的部位也不限於雙手，有時是腳、有時是屁股、肚子或是前胸後背。

更誇張的是，從這週開始，委託人被刺到時，還會伴隨短暫的幻聽跟幻覺。

有時會看到家中出現一堆沾著鮮血的仙人掌。

有時仙人掌後面，還站著一個高大的人影，看不清楚長什麼樣子，但是很凶，很可怕。

總之，瀕臨崩潰的委託人，最終聯絡上我們，等等我和阿晴就要登門拜訪委託人了。

這件案子，究竟跟鬼有沒有關係呢？

謝初恭錄音至此，鬆開錄音鍵，轉頭望向文孝晴，像是想聽聽她的看法。

文孝晴戴著耳機、扠手抱胸，一臉冷然盯著筆記型電腦。

「怎麼臉這麼臭？我錄檔案吵到妳了嗎？」謝初恭打著哈哈走近文孝晴身旁，只見她電腦螢幕正播放著近日熱門新聞片段。

新聞裡的男人高頭大馬，穿著艷紅皮外套，微笑步出警局。

大批黑衣人和擁上來的記者推擠起來，替紅外套男人闢出條路，讓男人順利乘上名貴轎車後座。

「魏子豪！不說句話嗎？」記者們前仆後繼往轎車擠去，隔著黑衣人牆向轎車呼喊：「魏先生！你現在有沒有話想對受害人家屬說？」

紅外套男人像是聽見了記者問話，按下車窗，笑答：「祝他早日康復。」

「早日康復？被害者已經死了耶！」「那晚開車的到底是不是你？」「慫恿小弟毆打被害者、妨礙救護人員救人的人是不是你？」記者們激動吆喝，將麥克風伸過黑衣人張開的雙臂間，紛紛指向轎車後座內的魏子豪。

魏子豪本來笑著張口像是想要回答記者問題，但被身旁律師出聲制止，便俏皮地比出一個「嘴巴拉上拉鍊」的手勢，關上車窗。

有個眼尖的年輕記者瞧見魏子豪在窗户關上前一刻，似乎噗嗤笑了。

「魏子豪！你還算是人嗎？」年輕記者舉著麥克風、吆喝著攝影記者，像是想要繞過黑衣人去攔阻轎車，但剛要動身，腰際便捱了一個黑衣人一記暗拐，疼得連連乾嘔。

「是誰打人？」「敢打記者？」其餘記者同業義憤填膺地和黑衣人們對峙互嗆起來。

載著魏子豪的名貴轎車，就在騷亂中揚長而去。

「他在車裡，應該回頭看得津津有味、笑得亂七八糟吧。」文孝晴淡淡自語。

「應該吧……」謝初恭點頭附和。

一週前，富二代魏子豪與十餘名友人分乘四輛車，上山看夜景。

四輛車在山道上不停逆向超車，途中被一輛國產轎車按了聲喇叭，四輛跑車開始前後左右包夾逼車。

最終，國產轎車失控撞上山腰上一家雜貨店旁的路墩。

四輛車一齊停下，下來十幾人，魏子豪伸手一指，將國產轎車內一家三口拖出車外，卻不是救人，而是圍毆。

轎車一家三口裡那父母年邁，捱了幾拳便跪地求饒。但兒子卻死不肯跪，直到父母再次被毆倒在地，這才撲通跪地，向魏子豪重重磕頭。

但眾人們並未停手，在老夫妻抱腿哀求聲中，繼續一腳一腳地踢踹那兒子身體。

直到警車和救護車接到雜貨店老闆報警後駛來現場，眾人這才停手，但仍和警察大呼小叫、和救護人員你推我擠。

那時的魏子豪，與今天一樣，在幾名友人掩護下，乘車離去。

剩餘的友人仍然繼續阻擾救護人員將一家三口送上救護車，直到後續警力支援趕到，這才將一行人都帶回警局。

兒子尚未抵達醫院，便因顱骨骨折、顱內大量出血、內臟數處破裂，喪命救護車上。

老婦人在醫院昏迷不醒，老先生捧著打上石膏的臂膀，在警局哭訴事發經過。

兩小時後，魏子豪也被帶回警局。

不久之後，一支足夠打場全場籃球賽人數的豪華律師團，浩浩蕩蕩開進警局，花了少許時間，便將魏子豪帶離警局，且約定日後願以證人身分協助警方辦案。

當晚網路轟動流傳一家三口行車記錄器中，魏子豪車隊那蠻橫超車，以及後續凶暴逼車、直至數度擦撞，最終失控撞山的過程。

魏子豪律師宣稱，魏子豪當時在車上是乘客而非駕駛，且沿路熟睡，一點也不知道發生了什麼事。

隨後雜貨店外監視器畫面也公布上網，但那監視器只有畫面，沒有聲音，且未拍著魏子豪開門下車的畫面。

魏子豪的律師堅稱畫面中魏子豪對著受害一家指手畫腳，其實是試圖阻止友人對一家三口施暴，後續魏子豪站著三七步扠腰笑看受害一家遭友人痛毆，那是因為友人不聽勸阻所以無奈苦笑。

離開現場，是尿急想找廁所。

事後友人攔阻救護車救人，那與他無關。

至於魏子豪一方四輛車上的行車記錄器，律師說或許大家不相信，但確實非常巧合地都忘記開啟，且都沒有安裝記憶卡。

有網友爆料稱魏子豪過去就劣跡斑斑，自從繼承老爸遺產之後，囂張行徑更是變本加厲；也有網友說，魏子豪他老爸過去是某幫派重臣，魏子豪在該幫派裡也是個小堂主，當晚他那群車隊「友人」，根本是他手下小弟。

魏子豪的律師立時出面反駁，說魏子豪只是為人豪爽、出手闊綽，其實他一直與朋友平起平坐，彼此沒有大哥小弟之分，至於幫派一說，更是無稽之談，要爆料網友拿出證據，否則提告。

第二天，本來被網友們期待能夠作證的雜貨店老闆，上警局做筆錄，全程只說當晚太黑，什麼也沒看到，回家後便寫了張歇業公告貼上鐵卷門，帶著全家老少出遠門了。

第三天清晨，總算清醒的老婦人，得知兒子事故當晚便死了，再次暈厥，且沒能醒來，在傍晚離世。

第四天，老先生單槍匹馬強闖魏子豪經營的連鎖車行總公司，要魏子豪出面給個說法，被保全打倒在地，報警送醫。

第五天，老先生提著菜刀、持著血書，再次來到魏子豪車行總公司外，在警察團團包圍下，高舉血書舉刀抹頸，送醫不治。

在網友群情激憤罵聲中，魏子豪終於以證人身分，前往警局協助調查，再輕鬆離去，便是剛剛那段新聞過程。

文孝晴默默闔上筆電螢幕，倚靠電腦椅背微微仰躺，扠手抱胸閉目不語，半晌後，她睜開眼睛，見謝初恭還站在她座位旁捏著錄音筆低聲自語，有些不耐地問：「幹嘛？」

「沒事……」謝初恭乾笑說：「本來想聽聽妳的意見，不過看妳好像心情不是很好……」

「也不算心情不好，我只是在想我們之後，會不會接到跟這位子豪哥有關的案子。」

「和他有關的案子?也對啦……三位受害人都走了，說不定會去找他……但我記得妳說過，很多人就算受到天大委屈，死後也未必會報仇——因為他們變成鬼之後，根本忘記生前發生的事。」

「是啊。」文孝晴說：「所以我才在想，什麼樣的案子，才能和他扯上關係。」

「啊？」謝初恭呆了呆，不解問：「和他扯上關係，為什麼要和他扯上關係？」

「等扯上關係再說吧。」文孝晴看看時間，說：「差不多要出門了，周小姐這件案子我現在沒辦法判斷什麼，見到本人就知道了。」

□

一小時後，謝初恭與文孝晴，抵達委託人住處公寓樓下。

周若芬小姐佇在公寓外，像是等候多時，她剛出社會沒兩年，年紀和文孝晴差不多，此時神情憔悴，黑眼圈頗深，像是長期睡眠不足。

「周小姐怎麼這麼客氣特地下來等我們，我們到了按電鈴……」謝初恭堆著笑臉說起客套話，但被文孝晴插嘴打斷。

「我們上樓說吧。」文孝晴淡淡笑說——委託人若堅信家中有鬼，寧可在外守候，也不願獨留家中，合情合理。

「剛剛，我又被刺了……」周若芬打開公寓大門，轉身挽起袖子，向兩人展示她纖細胳臂。

「呃……」謝初恭睜大眼睛，仔細看著周若芬胳臂——上頭一點痕跡也沒有，謝初恭望向文孝晴。「妳看見什麼了嗎？」

文孝晴搖搖頭，指指樓上。「先看過周小姐家再說吧。」

「好……」周若芬點點頭，領著兩人往上來到三樓一户門前。

鐵門上貼著一張租屋公約，醒目處用紅筆標註著「男賓止步」四字。

「呃……」謝初恭盯著男賓止步的告示，苦笑說：「所以我不能進去？」

「不……」周若芬連忙搖頭，說：「這邊規定只是貼好看的，沒有這麼嚴格，其他人有時也會帶男朋友過來……」

「社長，你在外面等好了。」文孝晴這麼說：「套房裡擠太多人，我工作起來也不方便。」

「好，我去樓頂吹吹風好了。」謝初恭點點頭，目送兩人進屋，自個兒來到頂樓。

頂樓搭著鐵皮棚子，有兩台洗衣機和大片曬衣架——這棟公寓三分之二戶數都為同一屋主所有，屋內格局全改建成租賃套房，專門租給上班族和學生，這樓頂也是租户們的公用洗曬衣場。

謝初恭來到女兒牆邊，瞧瞧周遭樓宇、瞧瞧牆邊兩條磚砌花圃。

他很快注意到，擺在磚砌花圃牆緣上的那盆仙人掌——

他在周若芬前兩日寄來的 Email 中，見過一模一樣的仙人掌，陶盆也是同一只。

這是常見的單刺團扇仙人掌，半截巴掌大的主莖上，斜斜長出兩片小莖，生著一根根兩公分上下的利刺。

謝初恭彎腰伸手，輕輕摸了摸刺尖。

「哇，真的很痛耶……」謝初恭在仙人掌前蹲下，仔細端倪仙人掌上一枚枚尖刺，心想周若芬要是真被這樣的刺痛感長期襲擾，那確實十分難受。

□

「妳說妳把仙人掌拿到頂樓？」

「上禮拜拿上去的，但是……情況還是一樣，甚至……更嚴重，仙人掌移上樓之前，我一天大概被刺六、七次，現在一天會被刺十幾次，多的話甚至超過二十次……」

「這樣啊……」文孝晴點點頭，緩緩轉身，環視整間套房——這房間扣掉廁所，不到四坪大小，塞著單人床和幾只櫥櫃、書桌等，剩餘的空間站著兩人，已經接近極限。

「我找你們之前，看過很多次醫生了……」周若芬苦笑說：「我不是那種迷信的人，以前也沒有宗教信仰，其實我也不確定現在的情況到底是怎麼回事，但我實在不知道該怎麼辦……」

「嗯。」文孝晴又點點頭，突然問：「周小姐，妳有養狗嗎？」

「狗？」周若芬呆了呆，搖搖頭。「沒有……為什麼突然提起狗？」

「我聞到狗的味道。」文孝晴這麼說：「還是其他房客有養狗？」

「都沒有。」周若芬搖頭說：「別户我不知道，但這一户四位房客都沒有養狗，而且我搬來這裡幾個月，沒聽見樓裡傳出狗叫聲。」

「嗯，搬來幾個月而已……」文孝晴取出手機，檢視周若芬先前寄來的求助信件，裡頭有仙人掌的照片。「所以照片裡的房間，是妳之前住的地方？」

「對，也是套房，比這間大一點。」

「所以……妳搬家的理由是什麼？」

「因為有個男人一直騷擾我。」周若芬苦笑指了指文孝晴手機上的照片，說：「那個小仙人掌，也是他送我的。」

「哦？」文孝晴眼睛亮了亮，彷彿嗅出什麼蛛絲馬跡。

「這件事……跟他有關嗎？」周若芬問：「我需要講他的事嗎？」

「我還不清楚，不過……我想先看看仙人掌。」文孝晴這麼說，跟著又環視房間一圈，說：「我不敢說我的感應百分之百準確，但我在妳房間確實沒有感覺到特殊的氣息，除了淡淡的狗味……」

「我們上去看吧。」周若芬領著文孝晴出門往樓頂上走，喃喃說：「我搬來這裡之前，定期會去餵一隻流浪狗，是隻小狗，但我很久沒見到牠了……」

「被人收養了？還是……」

「不確定，我沒有很仔細找……」周若芬苦笑說：「我其實不想接近那一帶，我不想碰到那個人……」

「嗯。」文孝晴隨著周若芬來到頂樓，走到謝初恭身旁，低頭瞧著那盆仙人掌。

「這麼快就看完了？有發現什麼？」謝初恭問。

文孝晴沒有回答，而是撩著頭髮，矮身低頭，湊近仙人掌細細聞嗅半晌，若有所思。「本來沒什麼頭緒，但現在好像有點頭緒了……」

「呃？」謝初恭和周若芬相望一眼，一下子聽不明白。

文孝晴緩緩起身，慢慢環顧四周，最後視線停在隔壁住户矮牆後——這整排公寓樓頂，每户之間僅以矮牆間隔。

文孝晴盯著矮牆後方一處雜物箱堆，緩緩問：「周小姐，妳說之前住舊家時，曾經餵過附近一隻流浪狗，是哪種狗？」

「是隻淺黃色的米克斯，還不到一歲……」周若芬緩緩說，一面取出手機，翻找照片。

「耳朵很大很翹，嘴巴黑黑的。」文孝晴這麼說：「是嗎？」

「對！」周若芬才剛剛找著照片，見文孝晴背對著她，不由得有點訝異。

「妳怎麼知道？」

「妳有牠的照片嗎？」文孝晴回頭。

「有……」周若芬將手機遞給她。

文孝晴看看手機上那六個月大的幼犬，豎著一雙又大又挺的深色耳朵，伏在地上享受周若芬撫摸脖子。然後她抬頭，再次望向隔鄰牆後雜物箱堆，盯著瑟縮在雜物箱堆縫隙裡那隻小狗。

小狗的模樣十分淒慘。

「牠有名字嗎？」

「我都叫牠大耳朵。」

「大耳朵……」文孝晴向前方雜物相堆中那淒慘小狗招了招手。

淒慘小狗身子一顫，像是受到驚嚇般，轉眼不見了。

謝初恭見文孝晴呆愣半晌沒有反應，便湊近低聲問：「妳看見什麼了？」

「我看到一隻小狗。」文孝晴這麼說，又仔細瞧周若芬手機裡的大耳朵照片。「我覺得牠應該就是這隻大耳朵沒錯，不過……」

「妳說妳看到……大耳朵？」周若芬有些驚訝。「大耳朵怎麼會在這裡？牠在隔壁？」她邊說，邊來到矮牆旁，對著雜物箱堆輕喊：「大耳朵、大耳朵……」

大耳朵再次探出頭，卻不在雜物箱堆，而是自更遠一處頂樓通道鐵門後探頭出來。

大耳朵的腦袋一會兒穿透鐵門探出頭、一會兒又縮回鐵門裡，像是很膽小。

「……」文孝晴來到周若芬身邊，拍拍她的肩，說：「我們下樓說吧。」

□

小小的套房裡，周若芬不敢置信地望著文孝晴，喃喃說：「妳說大耳朵死了？剛剛是牠的魂魄來找我？」

「對。」文孝晴點點頭。

「這跟我最近一直被仙人掌刺到，有關係嗎？」周若芬問。

「這我不敢肯定。」文孝晴說：「但我假設有，因為牠的樣子……」

「牠樣子怎麼了？」

「晚點妳看到就知道了。」

「晚點我會看到牠？」

「應該可以，我們得先做點準備吧。」

「要準備什麼？」

□

謝初恭在巷口車上等候，接到文孝晴電話，立刻趕往便利商店挑找周若芬過去餵食大耳朵的狗罐頭，以及旅行牙刷組、紙內褲等過夜所需物品。

文孝晴打算在周若芬家中留宿一晚。

她覺得周若芬當前處境，應該與大耳朵有關。

她想守株待兔，等大耳朵上門。

謝初恭張羅完文孝晴交代清單上的東西，返回車上繼續待命，開啟平板上的視訊畫面，聽套房裡周若芬向文孝晴敘述先前被古怪男人跟蹤騷擾到不得不搬家的前因始末——

男人叫劉國隆，三十幾歲，體型胖壯，平時無業，住在過世父親留下的獨棟透天公寓、加上父親生前購買的股票每年配給的股利度日，生活雖然稱不上富裕，但也算悠哉愜意了。

周若芬與劉國隆同為網路上一個多肉植物社團的成員，兩人過去在社團頁面上，都會不定時張貼自家多肉植物照片。

周若芬貼出的多肉植物，便是她擺在窗台上那十餘盆小小的多肉盆栽。

劉國隆貼出的照片，千篇一律都是單刺仙人掌。

劉國隆在社團發文稱過去老家曾經失竊，當時竊賊從後院翻牆進來，偷走奶奶生前留下的首飾，為此他爸爸氣憤地在後院圍牆上插滿玻璃片，還在後院種植大片單刺仙人掌，就盼竊賊再次翻牆進來時扎個皮開肉綻。

多年過去，那片仙人掌生得極其茂密，幾乎佔滿他家後院全部空間，別說竊賊了，就連體型小的犬貓，都難以從後院一端擠至另一端。

社團上有網友建議劉國隆花點時間整理整理後院，畢竟他家離市中心不遠，也堪稱寸土寸金，十餘坪大的院子若是有心，能栽成一座小花園了，長滿這種看來凶狠的仙人掌，不免有點浪費。

劉國隆卻稱，這片仙人掌是他過世老爸生前心意，也是守護他家十餘年的守護神，砍不得的。

大多數網友們聽他這麼說，自然也不好再說什麼。

也有少數酸溜溜的傢伙，嘲諷劉國隆只是懶惰、疏於整理，才將自家後院養成像是廢墟般，搬出過世老爸，只是堵大家的口罷了。

當時周若芬看不過去，留言指責那酸溜溜的網友，說人家自家院子，想種什麼就種什麼，就算懶得打理，也不干其他人的事。

當天，劉國隆私訊周若芬，向她道謝，讚她心地善良，會有好報。

一天天過去，劉國隆傳訊息給周若芬的頻率越來越高。

高到周若芬開始對劉國隆的訊息視而不見。

高到周若芬覺得劉國隆有點噁心。

直到多肉展那天，劉國隆在展場上認出周若芬，找她攀談，還送她一盆自家仙人掌，說感謝她先前仗義執言。

當時周若芬微微有些愧疚，她覺得自己錯怪劉國隆了、覺得他或許只是在網路上囉唆了點，但本人其實算不錯——但這樣的想法只維持不到幾天，就改變了。

她發現劉國隆開始在她家和公司周遭頻繁出現，起初幾次劉國隆都假裝偶遇，跟著開始買了早餐和禮物在她家樓下等她、在她公司外等她，問可不可以陪她吃晚餐、可不可以一齊餵大耳朵、可不可以上她家坐坐。

周若芬一概拒絕，且口吻一次比一次嚴厲。

但劉國隆的大腦就像內建重置功能般，即便被罵，隔天依舊笑咪咪地提著餐點、飲料，做著一模一樣的事，且行徑愈發鬼祟噁心。

他將禮物請她公司同事代為轉交給她，稱自己是她男友，最近和她吵架，想要挽回她的心。

或是將幾十張寫滿愛意的卡片，塞滿她租賃公寓的信箱，甚至在公寓外守株待兔，拜託同公寓住户將信件轉交給周若芬。

周若芬受不了鄰居耳語，拜託主管將她調去分公司，自己默默打包數日，託朋友幫忙尋覓新住處，一切準備萬全之後，趁夜找同事幫忙搬家，這才擺脫劉國隆的糾纏。

「哈哈，噁男！」謝初恭盯著車上的平板的電腦，聽周若芬敘述被騷擾的過程，不由得覺得好笑，但隨即插口問：「阿晴，妳覺得周小姐的情況，跟那個噁男也有關？」

「我還不敢確定。」文孝晴淡淡說：「等下就知道了。」

傍晚，謝初恭獨自吃過晚餐，再替文周二人買了晚餐，連同文孝晴過夜物品和大耳朵愛吃的狗罐頭，一併送去周若芬套房之後，和文孝晴約好明日碰面時間，這才駕車返回通靈事務社。

沿途，車上平板電腦播放著臨時插播新聞——

先前警局外捱下黑衣人一記暗拐的年輕記者，埋伏在魏子豪家門外，趁傍晚魏子豪帶保鏢出門遛狗時，硬擠上前問話，卻被魏子豪保鏢放狗咬傷。

事後，警察來到，帶走保鏢。

魏子豪返家之後，摟著那隻壯碩嚇人的土佐犬開了直播，嘻皮笑臉地解釋保鏢只是盡忠職守、土佐犬也盡忠職守，是那記者無禮在先，但儘管記者有錯在先、儘管鬆手放狗咬記者的人是保鏢不是他，但他仍願意扛下責任，代替肇事保鏢賠償記者醫療費用和精神損失。

他說完，大大吸了口雪茄，吐向鏡頭。

□

套房裡，周若芬按照文孝晴指示，將罐頭肉裝入小碟，擺在桌上備用。

周若芬問需不需要把燈關上，點支蠟燭什麼的，文孝晴說不用，畢竟先前周若芬即便開著燈，照樣被刺著。

「妳的意思是……之前我感到不停刺痛，是大耳朵在咬我？」

「可能不是用咬的……」文孝晴見一切準備就緒，這才將她剛剛在樓頂見到的大耳朵模樣，清楚敘述出來。

大耳朵嘴巴纏著膠帶，身上血跡斑斑，渾身上下扎著一枚枚仙人掌斷刺，有些刺尾甚至還黏著仙人掌的莖株碎片。

「什麼……」周若芬聽文孝晴這麼敘述，掩著嘴巴不敢置信。「為什麼……會這樣……」

「牠來了。」文孝晴望向套房大門。

「唔！」周若芬吸了口氣，按照文孝晴先前囑咐，端起小碟，在床邊坐下，輕聲朝向門的方向喊：「大耳朵、大耳朵，姊姊好久沒去看你了……你過的……還好嗎？」周若芬說到這裡，不由得有些哽咽。

文孝晴在周若芬身旁坐下，也向大耳朵招手。

「你有話想對她說，對不對？但是你不會說話，嘴巴還被綁著，叫都叫不出聲，只好想辦法讓她知道你來找她了？」文孝晴望著大耳朵兩枚淌血眼睛，輕輕說：「來吧，過來這裡，把你想說的全說出來——我盡量試著幫你翻譯。」

大耳朵歪頭半晌，終於緩緩抬步往兩人走去。

牠的步伐歪斜疲軟、四肢歪斜扭曲，彷彿骨頭都折斷了。

大耳朵來到周若芬面前，本來想往周若芬身上蹭，但見文孝晴張手阻止牠，便又害怕地夾著尾巴哆嗦起來。

「吃吧。」文孝晴示意周若芬將小碟放在地上。

大耳朵戰戰兢兢地湊近小碟，但牠嘴巴纏著膠帶，張不開。

文孝晴伸手托起大耳朵嘴巴，緩緩替牠解下膠帶。

「妳在摸牠？」周若芬看不見大耳朵，半信半疑地伸出手，往文孝晴雙手位置摸去，突然感到手指刺痛，連忙縮回手，驚恐望向文孝晴。

「妳摸到牠頭上的刺了。」文孝晴苦笑說：「牠不是有意弄痛你，但牠渾身都是刺，每次想接近妳，就會刺著妳。」

「原來是這樣……」周若芬紅了眼眶。「但為什麼牠……身上會有刺？」

「等等就知道了。」文孝晴這麼說，又花了兩分鐘，終於替大耳朵解下纏在嘴上的膠帶——那膠帶也不是真正的膠帶，而是大耳朵心中某種死結，一被文孝晴解開，漸漸消失化散。

大耳朵終於張開嘴巴，吐出舌頭，舔咬起小碟裡的狗罐頭肉。

狗罐頭肉沒有消失也沒有減少，但大耳朵似乎真能嚐著罐頭肉的滋味，越吃越是起勁。

一直夾在腿間的尾巴也翹了起來，大力搖晃起來。

扎在牠身上的刺一根根落下、消散。

心結似乎解開了。

「來，牠在這邊……」文孝晴抓著周若芬雙手，往小碟旁探去，輕輕摸著大耳朵身子。

「啊！」周若芬猛地一驚，她雖然仍然看不見大耳朵，但是掌心感到了熟悉的觸感。

「眼睛閉起來。」文孝晴輕聲說：「我們來看看到底發生了什麼事。」

周若芬閉上眼睛，只覺得眼前隱隱浮現出畫面，是條熟悉的街道，是她過去時常前往餵食大耳朵的街道。

畫面中的「鏡頭」擺得很低，像是直接放在地上，因為這是大耳朵的視角。

突然，「鏡頭」陡然抬高些許，然後畫面亂糟糟地晃動起來。

再跟著，「她」在畫面裡現身。

周若芬立刻明白整段畫面的意思——本來伏在地上的大耳朵，一見到自己出現，立刻蹦起繞圈圈。

畫面裡的周若芬，將大耳朵引至路旁角落，取出餵食小盤，倒上狗罐頭肉，一面盯著大耳朵吃罐頭，一面摸著大耳朵。

畫面飛梭變化，周若芬的衣服一件換過一件，從短袖換成了長袖。

然後，畫面裡只剩下寂寥窄巷，周若芬不再出現。

因為她搬家了。

跟著，劉國隆出現在畫面裡。

劉國隆望著「鏡頭」，兩隻眼睛閃爍著陰冷氣息，拿出一模一樣的狗罐頭餵食大耳朵。

文孝晴和周若芬，不約而同聽見畫面裡，響起了細碎的說話聲，是劉國隆在自言自語。

「幹賤貨、婊子……封鎖我……還偷偷辭職、偷偷搬家……幹……我就不信找不到妳……」

然後，劉國隆拿出一只寵物外出籠，將大耳朵誘進籠裡，拎上機車，帶回家。

畫面切換，劉國隆笑嘻嘻地拿著一卷膠帶逼近「鏡頭」，將大耳朵嘴巴纏上了。

畫面再切換，劉國隆找來麻繩，套上大耳朵頸子，然後牽著大耳朵在前院蹓躂繞圈。

一邊蹓躂，一邊碎碎數落周若芬種種不是——幾乎都是他平空妄想出來的罪名。

「下賤、淫蕩、婊子……一定偷偷認識哪裡的野男人，說不定搬去野男人家裡，從早到晚跟野男人做那種骯髒賤事……說不定還不只一個野男人、有好幾個……有五六七八九十個……排隊輪流幹那隻婊子……一直幹、一直幹個不停……」

「妳等著……我一定要找到妳……那些野男人對妳做過的事……我也要做……一百次、一千次……一萬次！」

「賤狗……」劉國隆碎罵至此，居高臨下望著大耳朵。「你除了舔那婊子的手之外，還舔過她哪裡？嘻嘻、嘻嘻……那麼賤的婊子，說不定連狗也想……有夠爛……髒死了……」

然後，劉國隆將大耳朵拖來後院。

下一刻，畫面緩緩抬升，然後加快飛騰上半空，然後下墜，四面八方亂糟糟地全是單刺仙人掌那團扇莖株。

被綁死嘴巴的大耳朵，發出了激烈哀鳴。

儘管畫面和聲音亂成一團，但也不難理解——

是劉國隆將大耳朵扔進仙人掌堆裡。

畫面亂晃一陣，大耳朵像是終於逃離了仙人掌堆，但立時又被劉國隆扯動繩圈，甩上半空，摔回仙人掌堆裡。

畫面亂竄、逃離仙人掌堆、再被扔回仙人掌堆。

這就是大耳朵全身扎著斷刺的原因。

途中，劉國隆偶爾會將卡在仙人掌堆中的大耳朵硬扯出來，踩踏兩腳，再扔回仙人掌堆。

這是大耳朵四肢歪折的原因。

跟著，畫面漸漸黑了。

套房裡，大耳朵興奮地在小碟旁繞著圈圈，一會兒撲上周若芬身子，一會兒嗅嗅文孝晴的手。

似乎是這氣氛低迷的套房裡，最開心的一個。

因為大耳朵十分單純，和大部分的狗一樣單純。

單純到嚐到熟悉的罐頭肉、舔到周若芬的手，淒慘怨死的心結立刻就解開了，先前那番淒慘遭遇，彷彿已被大耳朵拋到了九霄雲外。

周若芬掩面痛哭，自責自己不該將大耳朵留在那個地方。

文孝晴則默默打字，將剛剛看見的這段過程，傳給謝初恭。

大耳朵興奮繞了幾圈，再次撲進周若芬懷裡。

新的畫面出現了。

畫面裡的人，依舊是劉國隆。

但劉國隆已經不理「鏡頭」了，而是獨自做著自己的事，吃飯、睡覺、閒晃、上網、打電動、打手槍、洗澡、上廁所……彷彿一點也不在意這個二十四小時跟拍自己的「鏡頭」。

因為這是大耳朵死後亡靈所見畫面。

「婊子……賤貨……」劉國隆每天都會花上一段時間，在筆記本裡寫寫畫畫，有時大耳朵也會好奇地湊近筆記本聞聞嗅嗅。

因此文孝晴和周若芬也能清楚得知，劉國隆在筆記上頭寫了什麼——有許多周若芬的罪名。

和各種懲罰她的方法。

還有一幅幅畫得歪七扭八的她的裸體畫像。

更有劉國隆持著怪異刑具、折磨周若芬的畫像。

周若芬猛地一顫，她瞥見筆記本一頁，寫著自己的新家地址。

「他怎麼知道我這邊地址？」周若芬嚇得睜開眼，身子激烈顫抖起來。

「方法有很多，不過那不是重點。」文孝晴安撫周若芬，要她繼續閉上眼睛，讓畫面繼續推進。

畫面裡的劉國隆，開始打包行李，像是要出遠門。

跟著，兩人從零星破碎的畫面切換裡，拼湊著劉國隆接下來的行徑——

他在周若芬住處那排公寓中，也找了間套房租下，兩間套房雖然進出是不同大門，但頂樓每户僅隔著矮牆，這意即劉國隆能夠從頂樓翻牆，一路找至周若芬租賃套房那户鐵門外。

周若芬再次出現在不停切換的畫面裡。

有時是出門上班、有時是下班返家、有時在自助餐挾菜、有時在便利商店結帳。

劉國隆已經跟蹤周若芬一段時間了，且都被大耳朵的亡靈瞧在眼裡。筆記本的內容也持續增加。

劉國隆計畫將周若芬擄回他那透天老家，狠狠懲罰她。

他不但租了輛車，還在網上搜尋能夠讓人昏迷的藥物。

畫面繼續切換，開始出現周若芬獨自在家的畫面。

儘管大耳朵再單純，也能漸漸察覺出劉國隆企圖傷害周若芬。

所以大耳朵開始獨自前來探視周若芬，試著告訴她——

壞人要來欺負妳了，快逃。

但「鏡頭」每次貼近周若芬，周若芬就哎呀尖叫、驚恐喊疼。

大耳朵似乎不明白周若芬為什麼變得這麼討厭自己，但隨著劉國隆計畫逐漸推進，大耳朵試圖警示周若芬的次數也隨之增加，增加到周若芬再也受不了的地步，最終找上通靈事務社。

跟著，文孝晴在畫面裡，看見自己站在頂樓，向「鏡頭」招手。

畫面切換，鏡頭穿過房門，坐在地上的周若芬和文孝晴，朝牠招手呼喚。

畫面的最後，鏡頭逐漸靠近周若芬，四周變得瑩瑩亮亮，像是反應出大耳朵當時心情有多麼開心。

「為什麼這麼殘忍……」周若芬閉著眼睛，輕擁著大耳朵。

文孝晴也伸手摸摸大耳朵腦袋，同時輕拍周若芬的肩，說：「周小姐，現在不是哭的時候，我們應該想想能替大耳朵做些什麼。」

「嗯，對……」周若芬點點頭，睜開眼睛，淚眼汪汪望著文孝晴，說：「不能放過那個壞蛋，我要報警抓他……」

「報警也不是不行，但我有個更好的辦法，妳聽聽看。」

□

翌日上午八點二十分，周若芬住家巷弄外大街邊一處停車位。

謝初恭坐在駕駛座上，盯著前方十餘公尺處一輛灰色租賃車，手裡還捏著一只黑色管狀物。

灰車旁佇著一個頭戴鴨舌帽的胖壯男人，低頭默默滑手機，正是劉國隆。

謝初恭隨手將管狀物湊近眼前——這管狀物並不是他慣用的錄音筆，而是一只迷你單筒望遠鏡，透過這望遠鏡，他清楚瞧見十餘公尺外灰色租賃車旁的劉國隆，表面上滑著手機，實際上卻不時偷瞧巷口。

他是在盯梢，在等周若芬出門上班。

八點半，周若芬騎著機車駛出巷口。

劉國隆等待周若芬駛過，迅速開門上車，發動引擎，跟上。

謝初恭哼地一聲，也發動引擎，跟上劉國隆。

「這包垃圾還會跟蹤啊？嘖……」謝初恭低聲碎罵，瞥了扶著排檔的右手一眼。

他右手纏著厚厚的紗布，隱隱可見底下帶著些許血跡。

八點四十分，劉國隆在一處紅燈前停下，微微往右瞥了一眼。

周若芬機車就停在他車旁。

紅燈轉綠，劉國隆搶先踩下油門，駛在周若芬前方，透過後視鏡偷看周若芬，還忍不住呵呵笑起，像是十分佩服自己——他跟蹤周若芬已有一段時間，早知道周若芬新上班地點位置，也知道自己先前跟她跟得太緊，令她這幾個月仍然保持警戒，不敢隨意將車停在路邊，而是習慣騎進公司大樓地下停車場，停在對外開放的收費停車格裡。

而他現在要做的，就是比她更早抵達公司地下室，趁她停車時，找機會下手。

過程中需要的乙醚、手帕、繩子、布袋，全都在副駕椅上的背包裡。

最初他只打算直接翻越樓頂矮牆，偷偷溜進周若芬公寓梯間埋伏周若芬，但他很快發現周若芬那棟公寓頂樓鐵門平時會上鎖，無法隨意出入，且周若芬習慣將衣物曬在自家陽台，很少上頂樓，近期唯一上樓的時候，就是將他送她的仙人掌擺去頂樓花圃。

這令她在他心中，又增添幾項新罪名——婊子肯定只愛貴重禮物，不愛他爸爸種的仙人掌。

他等不及要懲罰她了，既然公寓頂樓找不著機會，乾脆在外動手、在她公司地下室動手。

他做出決定之後，維持這樣的行程已有數天。先前幾天，他尾隨她進地下室時，附近都有人，他也不著急，反正行動已經展開，總能逮著機會，反正他時間多的是。

八點四十七分，他搶先駛進地下停車場，將車停妥，提著副駕上的背包，下車繞到周若芬機車格旁大柱後方準備，閉著眼睛祈禱今天別再有人過來礙事。

八點五十三分，周若芬的機車駛入地下停車場。

躲在大柱後的劉國隆，探頭向外瞥了一眼，見周若芬騎進停車格，立刻揭開乙醚瓶蓋，往手帕上猛灑，正要行動，卻見又一輛車駛入停車場。是輛國產老爺車。

「嘖……」劉國隆有些惱火，心想難道今天又要無功而返了？

但老爺車並未往這頭駛來，而是駛向停車場另一頭。

劉國隆瞪大眼睛，他發現這是千載難逢的機會，立刻自樑柱後大步走出，幾步就來到周若芬身後，趁著周若芬準備解安全帽之際，自後襲上，一手勒住周若芬脖子，一手將沾滿乙醚的手帕，強塞進周若芬口罩裡，大力掩著周若芬口鼻。

嘰——

煞車聲陡然響起，本來駛向另一端的國產老爺車，直接在車道上打橫停下，車門打開，躍出一人，往這兒飛奔而來，正是謝初恭。

「喝！」劉國隆有些愕然，但又不願扔下到口肥羊，硬勒著周若芬，朝著自己那台租賃車方向拖去。

但他剛拖幾步，陡然感到腳尖劇痛——是周若芬抬腳，用高跟鞋跟重重踩在他腳趾上。

「噫！」劉國隆正吃痛要叫，突然瞥見周若芬反手托起一只東西，狠狠砸上他右臉。

他右臉立時感到一陣針扎般的劇痛。

他料想不到口鼻被摀著乙醚手帕的周若芬，竟反抗得如此劇烈，且像是早做好準備般，甚至還用上了武器——砸在他臉上那東西是什麼？為什麼撒落一地後，還有一大塊東西插在他臉上沒有完全落下？

他的腳尖再次劇痛，是第二記高跟鞋跟重踏。

他終於鬆手，撫著臉狼狽後退，一塊東西自他臉上落下。

是他送給周若芬的單刺仙人掌。

眼前周若芬轉身面向他，摘下口罩和安全帽，將乙醚手帕扔了。

不是周若芬。

眼前這女人身形與周若芬相若，打扮、衣著也與周若芬相似，但就不是周若芬。

是文孝晴。

文孝晴皺著眉頭、鼓著嘴巴，像是憋氣憋得十分難受，她一面後退，一面從口袋取出濕紙巾擦拭口鼻——她做好準備下車，一聽見身後腳步聲逼近，立時屏住氣息，因此沒有吸進乙醚。

「妳是誰！」劉國隆扔下手中仙人掌碎塊，咆哮撲向文孝晴。

「啊噠——」謝初恭即時奔到、縱身飛躍，凌空一記飛踢，將劉國隆踢得飛滾兩、三公尺後癱躺在地。

劉國隆掙扎想起身，卻被謝初恭騎跨上身，壓在地上，急得亂吼：「你又是誰？你想幹嘛？」

「垃圾沒資格問我名字，乖乖吞下本社長的必殺技吧！」謝初恭掏出一只晴天娃娃纏上右手，像是將晴天娃娃當成指虎般，重重砸在劉國隆的鼻子上。

「倫倫拳！」

「哇……」謝初恭感到裹著紗布的右手發出劇痛，連忙甩手起身，來到文孝晴身旁，問：「妳沒事吧？」

「我沒事。」文孝晴盯著謝初恭右手上那紗布。「你手怎麼了？」

「沒什麼。」

「你該不會昨天聽我說這傢伙虐狗，氣得用拳頭打牆壁吧？」

「我打牆壁幹嘛，我又不是笨蛋。」

兩人一面閒聊，見到劉國隆搖搖晃晃站起，咧嘴向文孝晴神祕一笑。

「倫倫？」文孝晴問：「是你？」

劉國隆點點頭。

「呼——」兩人見計畫成功，擊了個掌，轉身奔往謝初恭橫停在車道上的老爺車，還向聞聲趕來的管理員笑著打招呼。「沒事沒事，有點誤會，我們立刻把車開走。」

兩人一左一右上了車，劉國隆也一齊乘上後座，謝初恭踩下引擎，駛出地下停車場。

轉了個彎，往陽明山方向駛去。

夾在後視鏡上的照片搖搖晃晃，照片上那隻耳朵一垂一豎的黃色土狗，是之前亞當徵信社的委託人，請謝初恭尋找的走失狗狗。

謝初恭整整找了將近一年都沒找到。

□

套房裡，向公司請了一天假的周若芬，接到文孝晴電話，得知劉國隆已被兩人制伏，心中大石終於落下，換上外出服裝，準備前往熟識花店，替大耳朵挑個「狗窩」。

文孝晴說大耳朵當初淒慘枉死，儘管現在看來溫順乖巧，但就怕有個萬一，她打算將大耳朵帶回通靈事務社觀察一段時間，再替他找個能夠長久安放的地方供著，屆時如果周若芬願意接手也行。

文孝晴還說，鬼能寄宿在物品甚至是植物中，如果是周若芬親手挑揀的多肉植物，說不定大耳朵會很喜歡。

周若芬同意文孝晴的提議，不過更重要的是，文孝晴究竟打算怎麼對付劉國隆？

文孝晴說通靈事務社雖然只有她和謝初恭兩人，但他們其實還有幾位「靈界朋友」能幫得上忙。

例如女鬼伶伶能夠透過手機訊息、Email，進入其他人的手機和電腦裡，翻閱硬碟一切資料，也能放東西進去。

文孝晴向周若芬要來劉國隆的社群帳號，用自己的帳號傳訊給劉國隆，隨意瞎聊，直到伶伶將木馬程式放入劉國隆手機裡，才說認錯人了，然後封鎖劉國隆。

文孝晴和周若芬因此得以見到劉國隆手機相本裡，滿滿都是這兩週跟拍周若芬的照片、以及他那變態筆記本的翻拍照片，這才知道劉國隆這擄人計畫，不但準備得相當充分，甚至已經展開了，只是尚未找到機會動手而已。

文孝晴第二位幫手，叫倫倫，是個可憐的孩子。

目前住在文孝晴房間窗户上一只晴天娃娃裡。

文孝晴要謝初恭一早帶著晴天娃娃，來周若芬家附近待命，準備跟蹤劉國隆。

謝初恭是徵信社社長，儘管沒有電影裡超級偵探、無敵特務那種超人身手，但跟蹤一個病態噁男，倒還輕而易舉。

第三位幫手，叫江姊，生前慘遭分屍，是厲鬼中的厲鬼，但挺樂意配合文孝晴「玩遊戲」，江姊的本領是令人產生幻覺，作起白日夢且信以為真。

周若芬問作白日夢可以幹嘛？

文孝晴說，她不是法官，也不曉得到底該給這個變態什麼樣的懲罰才適當，所以想讓劉國隆自己審判自己、自己決定自己的命運。

「我會安排幾個稍微好一點的選項，跟有點糟的選項，他最後的下場，讓他自己來選。」

周若芬來到花店，和老闆打過招呼，開始挑揀多肉植物，文孝晴說不用太大，巴掌大剛剛好。最重要的是她覺得可愛、適合大耳朵就好。

□

「這裡是……我家？」

深夜，劉國隆呆愣愣地站在自家院裡，望著熟悉的老家。

他摸摸臉，一點也不痛，早上被兩個怪人襲擊的經過，像是一場夢。

「我怎麼回到家了？我不是搬去那婊子家附近了嗎？我不是在跟蹤那婊子上班嗎？」劉國隆愣愣地走進老家前院，只覺得四周看來都是熟悉景象，但又有種說不出的怪異、陌生感。「為什麼天黑了？為什麼回到家了？還是我在作夢？」

他確實在作夢。

他的頸上，掛著江姊的兩條胳臂，身陷在江姊按照文孝晴指示，施予他的幻術夢境裡。

真實世界裡的他，五分鐘前，翻牆溜進一處豪宅院子裡。

豪宅警衛應該要注意到他的，但是沒有，因為伶伶入侵了豪宅監視器主機、倫倫遮住了警衛的眼睛。

劉國隆在兩鬼掩護下，順利侵入這處擁有寬闊庭院的豪宅——魏子豪家。

「啊！你這小賤種竟然還活著？為什麼？」劉國隆不敢置信地望著眼前的大耳朵。「你不是死了嗎？」

「大耳朵」見劉國隆走近，站了起來，先是露出困惑神情，跟著警戒地吠叫幾聲。

「幹嘛，小賤種！你想咬我啊？」劉國隆咧嘴邪笑，眼睛裡眨出一陣邪惡的光，這幾個月，他不時夢見把大耳朵扔進仙人掌的情景，大耳朵掙扎的模樣讓他覺得好興奮，他在找著周若芬新住處前，甚至依樣畫葫蘆地弄來其他流浪貓狗，玩著相同的遊戲。

但他逐漸無法滿足玩弄小貓小狗，他想要更興奮。

他相信玩弄周若芬，肯定比玩弄大耳朵，爽一萬倍。

「不自量力的小賤種。」劉國隆嘿嘿笑著，左顧右盼，從腳邊撿起一條麻繩、望望一旁密密麻麻的單刺仙人掌叢，他想用同樣的方式，對付眼前的「大耳朵」。

然後實際上的他，手上並沒有麻繩，只有空氣一把。

一旁也沒有仙人掌，而是一球球矮樹叢。

大耳朵也不是大耳朵，是魏子豪那條咬傷記者的壯碩土佐犬——猛豪。

「小賤種，這麼命大，這樣都死不了，那我只好再陪你玩了，準備好了沒呀，嘻嘻嘻……」

劉國隆看到死而復生的大耳朵，並沒有選擇放過牠。

他選擇讓自己開心。

他獰笑地走向猛豪，想替牠戴上空氣繩圈，然後把牠扔進仙人掌堆裡，看牠淒慘掙扎的樣子。

但劉國隆隨即被強壯的猛豪撲倒在地，狠狠咬住胳臂狂甩。

「怎麼回事！啊！小賤種這麼凶！混蛋，看我教訓你！」劉國隆揮拳毆打猛豪，但猛豪是土佐犬，土佐犬是種凶猛鬥犬，一點也不怕劉國隆的軟弱毆擊，一口又一口，狠咬劉國隆身上各處。

「好痛、好痛！小賤種怎麼這麼凶？」劉國隆瘋狂掙扎，但江姊的幻術降低了他的疼痛感和恐懼感，他只覺得眼前的小狗牙尖嘴利，頗為難纏。

下一刻，他見到周若芬。

周若芬滿臉驚訝，高聲喝喊，阻止「大耳朵」繼續攻擊劉國隆。

「哈哈，逮到妳了！」劉國隆狂喜撲倒眼前的「周若芬」，摟著她狂親猛舔，雙手還粗魯揉捏周若芬身上各處。

「我操你媽！你幹什麼？」周若芬尖聲罵起髒話。

「小賤貨還會罵髒話呀，真看不出來！」這讓劉國隆更加興奮、更想盡情縱慾，揪著「周若芬」的頭髮，想替她也戴上繩圈，和大耳朵輪流一齊扔進仙人掌堆裡。

但同樣的，他手裡沒有繩圈，只有一把空氣。

而且周若芬也不是周若芬，而是剛洗完澡，聽見外頭動靜穿著睡衣出來察看的魏子豪。

「你這王八蛋！」魏子豪被劉國隆撲倒在地、騎跨上身、撕開浴袍、大肆蹂躪褻玩，一陣錯愕之後，隨之而來的是火山噴發般的暴怒，他奮力將劉國隆掀翻在地，掐著劉國隆脖子，掄拳狂毆他的臉。

一旁猛豪見主人動手，自然也上來參戰，一口狠咬住劉國隆左腳，左右猛力甩頭，力道大得像是要將劉國隆整條左腳卸下來般。

「好痛、好痛、你們怎麼這麼不聽話？」劉國隆又氣又笑，陡然，身上攫人的疼痛，竟瞬間增加數十倍——

江姊解除了幻術，劉國隆完全清醒了，
劇痛讓他淒厲尖叫起來，他完全不知道發生了什麼事，只知道現在的自己，猶如身處在地獄深淵。

四周警衛們一個個彷如大夢初醒，紛紛趕來勸阻魏子豪繼續施暴。

但洗澡前喝了點酒、嗑了點藥的魏子豪，已經打紅了眼，一拳接著一拳往劉國隆臉上摜，任憑警衛勸阻，也不停手。

猛豪咬完左腳咬右腳、咬完右腳再回頭咬左腳，將劉國隆兩隻腳，咬得皮開肉綻，某些部位甚至見到了骨頭。

劉國隆剛剛見到「大耳朵」時，本來可以選擇放過牠的，但是他沒有。

接著他見到了「周若芬」，本來也可以選擇放過她的，但也沒有。

他在文孝晴提供的幾個選項裡，接連選擇讓自己爽的選項。

接下來，他可以開始享受自己的抉擇所帶來的滋味了。

CASE# 04
無盡黑闇

本次案件委託人沒有預約，直接帶著一台筆電上門，說她弟弟上禮拜從網路下載了一款遊戲，玩了一整晚，結果第二天早上，媽媽發現弟弟睡死在地板上，怎麼叫都叫不醒。媽媽嚇得叫來救護車，送弟弟去醫院檢查，醫生說弟弟陷入中度昏迷，不確定什麼時候可以醒來。

委託人說自己前一天半夜上廁所時，見到弟弟盯著筆電鬼迷心竅的模樣，當時唸了他幾句，當時弟弟毫無反應，她事後回想，只覺得那時螢幕投射在弟弟臉上的光芒，有點詭異。

她說她記得弟弟晚餐時曾向家人炫耀，說自己被遊戲公司挑選為測試員、說遊戲公司已寄來一款尚未上市的遊戲，邀請他幫忙測試遊戲，只要能夠破關，就能獲得獎金。

當時她提醒弟弟小心詐騙，弟弟卻說玩玩遊戲也無所謂，且當著她的面，點開邀請Email，開始下載遊戲。

但她後來檢查弟弟電腦，不但找不到那款遊戲，連邀請信都找不到。

她只隱約記得當時看弟弟點開邀請信件時，匆匆看到的零碎線索——

寄件方署名：聖Studio

遊戲名稱中，有「黑暗」兩個字，是什麼黑暗呢？她說她實在想不起來了。

她想委託社長亞當我，祕密調查這間「聖Studio」的遊戲公司。

是的，委託人並非求助通靈事務社，而是找上亞當徵信社。

最奇怪的地方來了——由於本社談判專家阿晴，私底下的身分是遊戲愛好者兼程式設計師兼電腦駭客，一見到電腦上門，也湊上來一起研究。

她說，委託人弟弟的電腦上有種熟悉的味道。

是她從小到大常常聞到的味道。

是鬼的味道。

她開始仔細檢查那台電腦，還用連接線將委託人弟弟電腦跟她自己的筆電連接起來，用她寫的奇怪程式，仔細檢查委託人弟弟電腦裡每一份檔案——包括那些表面上被刪除，但硬碟磁軌還沒被覆蓋的檔案。

最後真讓她找出了那封邀請信。

聖Stuido：無盡黑闇

她重新點進網址，下載遊戲，玩了幾分鐘，什麼都沒發生——但她天生體質特異、不受鬼魅影響，所以她教我用我自己的電腦，照著網址下載遊戲測試。

而她，則陪委託人上醫院探望弟弟，看看能不能找到其他線索……啊，下載好了，遊戲要開始了。

幾分鐘前，謝初恭替筆電接上遊戲手把，開啟文孝晴轉寄給他的信件，點進網址安裝遊戲、下載遊戲資料，順便錄製案件紀錄。

遊戲資料下載完成，畫面緩緩浮現遊戲標題——

《無盡黑闇》

謝初恭挪挪屁股調整姿勢，持著手把按下「遊戲開始」。畫面微微轉亮，播放起一段品質低劣的動畫，男主角被鬼怪追殺，一路逃進一間大宅、躲進房間，直到鬼怪的腳步聲遠離之後，畫面切換至主角視點，遊戲正式開始。

這是款第一人稱恐怖生存遊戲。

謝初恭胡亂按鍵，操作角色隨意動作，像是在測試各按鍵功能。

「不能自己設定按鈕嗎？」謝初恭很快發現這款遊戲無法進入調整畫面、音效和控制選項的頁面，除此之外，其餘操作倒是與恐怖生存遊戲相差無幾。

他在房中搜尋一番，找著了儲存點和些許武器、道具。

房中的配樂寧靜平和，這是間恐怖生存遊戲裡典型的「安全房」——只要進入其中，一切怪物和追兵都會被阻隔在外，且通常會有儲存點和一定數量的武器、彈藥和回復體力的藥劑。

「呼。」謝初恭替角色裝備上手槍，來到門口，噓了口氣，按下確認鍵開門。

外頭廊道兩側看來都陰森詭譎，他選擇往右。

他剛走近右邊廊道轉角，便聽見奇異腳步聲響。

他控制角色轉過廊道，快速舉槍，射擊前方數公尺外那移動緩慢的活屍。

磅——一槍爆頭。

「輕輕鬆鬆。」謝初恭舉起右手，比出手槍手勢，湊在嘴前輕輕一吹——他是恐怖生存遊戲愛好者，玩過大多數同類型遊戲，對於這類遊戲的場景布置、控制操作、解謎思路可說是瞭如指掌。

他繼續往前，有門開門、見樓梯就上樓，一路過關斬將，道具欄內滿滿都是搜刮來的彈藥和武器，以及開門用的鑰匙或是暫時不知道作用的道具。

三十分鐘後，他抵達第三間安全房，儲存當前進度。

跟著，他在這間安全房內搜到更多武器彈藥，數量多到他無法一次全帶上身，得將一部分暫時用不到的道具，扔在房中角落，這令他感到有些無趣。

接下來三十分鐘，他繼續過關斬將，接連誅殺幾隻小頭目，突破幾處小學生等級的解謎關卡，將七樣沿途蒐集而來的拼圖，嵌進一面大門巨鎖凹槽，成功打開大門。

大門內，是間寬敞的實驗室，站著一個三公尺高的凶惡巨漢。

謝初恭舉起左輪手槍，朝著巨漢連開十來槍，在那巨漢走近他之前，就將巨漢擊斃倒地。

畫面緩緩變暗，播放起遊戲動畫。

動畫裡是主角帥氣舉槍殺敵的逐格幻燈片，搭配著製作者名單。

美術、音效、程式及一切項目，全是同一人——林聖凱。

「這樣就破關了？什麼鬼遊戲啊……」謝初恭有些錯愕，有種上當了的感覺，他按了按手把按鍵，發現沒有按鈕能夠讓結尾動畫加速跑完。

他感到有點睏，伸了個懶腰，打了個大大的哈欠，想放下遊戲手把，起身上個廁所。

下一刻，他驚覺遊戲手把不在他手上。

且更讓他訝異的是，此時他眼前所見，彷彿像是戴上ＶＲ眼鏡般，看不見電腦、看不見四周真實環境，只看得見遊戲畫面——字幕持續跑動，結尾畫面並未結束。

他驚恐站起，伸手往臉上抓撈，什麼也沒摸著，他當然沒戴ＶＲ眼鏡，他根本沒有那種東西，緊接著他驚呼一聲，駭然望著自己雙手。

他右手上的紗布沒有了。

一週前，他見到文孝晴傳來的訊息，得知大耳朵淒慘遭遇，氣得全身發抖，跑去廁所洗了好幾次臉，告訴自己要冷靜——然後重重一拳打碎廁所鏡櫃，被碎裂玻璃割得鮮血淋漓，才終於冷靜下來。

一週過去，他右手割傷已經好得差不多了，今早，文孝晴才替他右手更換了新紗布。

但此時他的右手，沒有包裹紗布。

且不只沒有紗布，眼前這雙手，根本不是他的手，是粗糙的３Ｄ建模。

「喝！這是什麼？」他低頭看自己身體，發現全身都化為剛剛主角那簡陋多邊形的身體。「我的手、我的身體，怎麼都變成這樣？」

字幕跑完，四周漸漸明亮起來。

他的身體開始恢復，四周景象漸漸恢復真實——

但他很快發現，四周並非「恢復真實」，而是「變得精緻」，像是從二十年前遊戲裡的少量多邊形建模，變成近代遊戲大量多邊形建模。

四周環境畫面看起來精緻而逼真，但依舊是遊戲世界。

此時的他，身處在一個不是自家辦公室的辦公室裡。

「這裡是哪裡啊？」謝初恭驚恐嚷嚷，只見斜前方一台老舊映像管電視機，還閃動著「無盡黑闇」的遊戲標題字樣。

他強忍恐懼環顧四周，只見這間不是通靈事務社辦公室的辦公室，裝潢風格頗為復古，像是電影裡八〇年代的辦公室，天花板垂著會轉動的老式電風扇，氣窗上嵌著正運轉中的抽風機，嗡嗡作響。

窗外橙黃黃的，像是接近黃昏下班時刻。

偌大的復古辦公室裡只有他一人。

他起身，嚥了幾口口水、捏緊拳頭，催促自己替眼前的異象給出個結論——

一、遊戲確實有古怪。

二、此時他身處之處，自然不是真實世界，而是遊戲世界——委託人弟弟想來也碰到同樣的遭遇，結果陷入昏迷，那麼此時此刻，真實世界裡的他，也不醒人事了嗎？

「冷靜、冷靜……」謝初恭大口喘著氣，來回踱步。「等等阿晴應該會來救我吧，沒錯，阿晴一定會來救我……那我現在該做些什麼？這裡是遊戲世界？」他一面喃喃自語，一面又四處搜索起來。

他來到一面灰濛濛的鏡子前，湊近細看，鏡子裡的他，倒還是自己原本模樣，並沒有變成遊戲角色。

他揭開一個置物櫃，取得一把散彈槍，跟著又在數張桌子抽屜中，翻出幾盒手槍子彈，和一柄短刀。

這讓他確信，這個地方確實是遊戲世界，那些彈藥、武器擺設的位置，就和恐怖遊戲如出一轍。

「所以只要破關，就能離開了嗎？應該是這樣沒錯吧……」他右手提著散彈槍，左手捧著手槍彈藥，很快發現，此時的遊戲玩法，似乎和先前有點不一樣了——他無法使用遊戲手把呼叫道具欄處理搜得的道具，得自己手動處理，且還需要袋子或是背包來裝這些東西。

他找著了背包裝妥彈藥，將散彈槍掛在肩上，手握短刀，來到復古辦公室門前，深呼吸幾下，然後推開門——

眼前是一條廊道，上方日光燈管微微閃爍，靠牆聳立著幾座檔案櫃。

謝初恭走過那些檔案櫃，感到一個個櫃子微微震動，似乎隱隱透出哭聲。

這令他感到有些害怕——他雖然愛玩恐怖遊戲，但玩恐怖遊戲跟親身踏入恐怖場所，自然是不同的兩件事，且沒有一款遊戲做得如此逼真，不僅眼前畫面擬真程度遠遠超過任何一款市售遊戲，且身體五感逼真得彷如身歷其境般。

他停下腳步，捏了自己的臉。

會痛。

「不怕不怕，本社長可不是一般人……」他緊握短刀，緩步往前，不理會那些發出哭聲的檔案櫃。「我可是大名鼎鼎的通靈事務社社長，謝亞當是也！」

他經過最後一個檔案櫃時，發現櫃門半敞，且微微透出光。

他小心翼翼地撥開櫃門，發現櫃裡擺著一顆手榴彈和幾枚金幣。

閃閃發光的金幣和四周擬真畫面格格不入，他猜測這是遊戲內購買道具的貨幣，理所當然地連同手榴彈一同收入背包側袋。

他來到廊道盡頭，左側有樓梯能上下樓，右側是一扇老舊電梯門。

他按下按電梯按鍵，電梯門一開，猛地深吸一口氣，連退數步——電梯裡站著一個女人，長髮及腰、白袍染血，背對著門垂手而立。

那女人前方電梯廂壁上，貼著一面髒汙不堪的鏡子，隱約可以反射出女人臉面。

差不多就是一般恐怖電影裡厲鬼的臉。

謝初恭緩緩後退，電梯門也緩緩關上。

謝初恭退至廊道中段靜待數分鐘後，才終於再次往前，這次他沒有按電梯鍵，而是選擇上樓，但沒踏上幾階，就瞥見樓上站著一個壯碩巨人，腦袋幾乎貼著天花板，身旁還拄著一只大斧，讓他覺得還是下樓比較好。

樓下廊道漆黑昏暗，有座自動販賣機。

販賣機的亮光在黑暗中格外顯眼，謝初恭也自然被吸引了過去，只見販賣機裡陳列著散彈槍子彈和各種武器彈藥。

他用剛剛從檔案櫃裡取得的四枚金幣，購得四發散彈槍彈藥，裝填進槍裡，感覺安心不少。

他握著散彈槍繞過販賣機，繼續往前探索，發現前方幾條廊道都聚集著大量鬼怪，他只有四發彈藥，不想硬闖。

他想起剛剛電梯裡那背對著他的厲鬼，便回頭上樓，來到電梯前，再次按下電梯鍵。

門一開，那女鬼依舊站在電梯裡，依舊背對著他，依舊毫無反應。

他二話不說，連開四槍，擊倒女鬼。

但女鬼卻還沒死，一邊嘔血，一邊爬出電梯，飛快爬向謝初恭，謝初恭驚恐後退，但他跑得還沒女鬼爬得快，很快被女鬼抓住腳踝，拉倒在地，嚇得用槍托砸女鬼的臉。

下一刻，女鬼爬上他的身，按住他腦袋，一口咬住他脖子。

他感到頸部劇痛。

腦袋一暈，四周瞬間漆黑一片，浮現出 GAME OVER 的字樣。

「哇！」謝初恭尖叫一聲，睜開眼睛，發現自己猶自在那復古辦公室裡，他喘著氣，左顧右盼，發現一切彷彿回到剛進來那時般。

他辦公室裡發了半晌呆，更認真地搜刮起來，除了散彈槍和手槍彈藥、短刀之外，還找著了幾枚金幣。

他再次推門而出，認真檢查每一座檔案櫃，有的能開，有的不能，他找到更多金幣，來到販賣機前，買下十七枚散彈槍子彈，然後返回電梯前，舉著裝滿彈藥的散彈槍，用槍口按下電梯鍵。

門打開，磅磅磅磅磅磅——他一口氣打光六發彈藥。

女鬼還是不死，像是毛蟲般拖著破爛身子爬竄出電梯，憤怒追咬謝初恭。

謝初恭一面怪叫、一面後退、一面裝彈，足足補了兩輪，這才將那女鬼完全擊斃，化為一團黑煙。

黑煙之後，有一袋金幣。

他欣喜撿起袋子，數了數，裡頭竟有近百枚金幣。

「滿好賺嘛！」他拿著百來枚金幣，下樓來到販賣機前，購買了手槍——他背包中有在辦公室裡搜得的三盒手槍彈藥。

但他隨即發現這把手槍，沒有彈匣。

「啊！彈匣還要另外買？等等……販賣機裡也沒賣？那我要去哪裡找？」

他困惑返回電梯前，想要另覓出路，他剛按開電梯，裡頭又站著一隻女鬼，似乎是不同隻，手持一把菜刀，尖吼衝出，一刀劈進謝初恭腦袋。

「啊——」謝初恭回過神時，發現自己又回到辦公室裡了。

一旁牆上告示板上，還註明他死亡次數——「二」

「……」謝初恭莫可奈何，再一次且更加認真地搜刮整間辦公室，來到販賣機前購足彈藥，返回電梯前，用同樣的方法擊斃女鬼。

這次，他將百來枚金幣，通通拿來買散彈槍彈藥。

「十幾發散彈才能打死一隻鬼，雖然很耗彈藥，但是會賺更多金幣，好像也不虧……」他返回電梯前，按開電梯，這次裡頭站著兩隻菜刀女鬼。

「喝！」他驚恐開槍，一面後退，但兩隻菜刀女鬼，防禦力也提高一倍，一左一右衝來，謝初恭來沒來得及裝填彈藥，就被兩隻菜刀女鬼按在地上劈死——死亡次數「三」。

他按開電梯門，往裡頭扔了一顆手榴彈，但女鬼衝出速度極快，轉眼將謝初恭壓倒在地，狠狠咬他脖子——死亡次數「四」。

他擊斃咬人女鬼，買了百來發散彈，沒走電梯，而是摸黑走廊道，企圖繞過廊道間厲鬼，很快被發現，慘遭咬死——死亡次數「五」。

他舉著散彈槍在漆黑廊道中試圖迎戰各種厲鬼，每次都被咬死——死亡次數「九」。

他嘗試偷襲樓上的巨人，被巨人持斧劈死——死亡次數「十二」。

他試著偷偷摸摸從巨人身邊溜過，被巨人發現，一拳搥死——死亡次數「十三」。

他重新思索有無搭乘電梯的可能。這次他一面開槍，一面扔出手榴彈，成功炸死兩隻菜刀女鬼，一口氣取得五百枚金幣。

他欣喜若狂，帶著金幣下樓，發現販賣機裡的物價竟大幅飛漲，五百枚金幣只能購買五十發散彈。

他茫然帶著裝滿彈藥的散彈槍返回電梯前，按開電梯，裡頭是三隻菜刀女鬼。

他連槍都懶得舉了，直接閉起眼睛，咬牙忍受菜刀劈頭那瞬間的痛楚。

再睜開眼睛時，他又回到了辦公室裡——死亡次數「十四」。

他呆坐在辦公室裡，望著旋轉的抽風扇發呆。

二十分鐘後，女鬼破門而入，將他咬死——死亡次數「十五」。

他躲在辦公室櫃子裡，二十分鐘後，被女鬼揪出咬死——死亡次數「十六」。

他砸破辦公室窗戶，外頭虛無一片，他試著跳窗——死亡次數「十七」。

他推動桌椅，堵死辦公室門，用後背抵著桌子，等待文孝晴來救他。

當他發現女鬼竟不知用什麼辦法擠到他身邊時，只是微微一驚，跟著閉上眼睛，還刻意將脖子露出更多，方便女鬼咬他——死亡次數「十八」。

□

「啦啦、啦啦啦、啦啦啦——」

謝初恭躺在辦公室長沙發上，哼著歌，用胳臂枕著頭，望著黃澄澄的窗。

女鬼喘息聲逼近身邊，謝初恭閉上眼睛，將腦袋斜斜一瞥，露出大片脖頸——死亡次數「三十五」。

謝初恭睜開眼睛，伸了個懶腰，繼續哼著歌，來到長沙發上躺下，繼續哼著歌：「啦啦、啦啦啦、啦啦啦——」

腳步聲再次逼近，這讓謝初恭感到有些奇怪——這次時間縮短許多。

但他依舊閉起眼睛，撩開衣領，撇頭露出脖頸，故作瀟灑地說：「溫柔點，寶貝——」

「社長，你在幹嘛？」有點熟悉的說話聲響起。

謝初恭驚訝坐起，只見辦公室門前站著一個女孩，穿著整套特種作戰服，持著一把先進步槍，戴著戰術頭盔，是女鬼伶伶。

「伶伶！妳怎麼來了？」謝初恭又驚又喜。「是阿晴派妳來救我的？」

「對啊。」伶伶點點頭，指向一旁的老電視。

老電視閃爍幾下，出現文孝晴的視訊畫面。

「阿晴——」謝初恭撲到電視前，抱著電視機用臉摩挲螢幕，微微哽咽說：「我等妳等得好苦……妳知道我剛剛經歷了什麼嗎？」

「我知道啊。」文孝晴說：「你的筆電還開著，我看得見你遊戲過程。」

「什麼！」謝初恭先是一呆，跟著說：「妳從什麼時候開始看？」

「嗯……」文孝晴想了想，說：「差不多死第十次左右吧。」

「妳從那麼早就開始看！」謝初恭愕然問：「那妳怎麼拖這麼久才救我？」

「我總要先弄清楚發生什麼事啊。」文孝晴不耐說：「你那時癱在椅子上，像死了一樣，電腦不但關著，裡頭也沒有遊戲，我用你的電腦重新下載遊戲，才看見你在遊戲裡的樣子。」

「我現在知道了……」謝初恭急急說：「這款遊戲會把人的靈魂吸進遊戲裡，再砍掉遊戲，所以委託人才不知道他弟弟發生了什麼……那……那我現在該怎麼辦？」

「先想辦法破關吧。」

「怎麼破關啊！妳不知道這款遊戲有多難……」謝初恭這麼說，突然瞥了伶伶一眼，見她全副武裝，驚喜問：「所以妳派伶伶進來幫我？妳有破關的辦法？」

「對啊。」文孝晴哼了哼，說：「你以為我這段時間都在喝汽水吃爆米花看你耍寶嗎？我在寫『外掛』啊！」

「外掛？」

「對啊。」

「什麼外掛？」

「你馬上就知道了——嗯，女鬼走出電梯了。」

「什麼！」謝初恭呆了呆，連忙奔去置物櫃前翻出散彈槍，但猛然想起自己還沒購買彈藥。

「左邊小抽屜，打開看看。」文孝晴這麼說。

「小抽屜裡沒東西，我剛剛找過……」謝初恭儘管這麼說，還是順手拉開抽屜，裡頭是盒散彈槍彈藥，驚喜一呼。「哇！怎麼會有？」

電視機裡的文孝晴說：「我寫的外掛可以提供你額外彈藥，但是整款遊戲的道具代碼我還沒完全破解，我會繼續強化外掛功能，一邊帶你破關。」

「原來如此！」謝初恭急急裝填彈藥，只聽喀啦一聲，辦公室門開了。

站在門前的伶伶，對準咬人女鬼扣下扳機，自動步槍飛速連射，轉眼將女鬼射倒在地。

「伶伶，小心她會爬！」謝初恭大喝一聲，舉著散彈槍衝去，對準伏倒在地的女鬼，連補數槍，將女鬼轟得稀爛，這才停手，突然回頭望著電視問：「阿晴，妳的外掛能不能讓散彈槍開無限彈藥啊？一次只能裝六發好麻煩啊。」

「目前你還是得手動裝彈，但能安裝超過六發彈藥。」文孝晴這麼說：「我在外面那幾個櫃子裡放了很多彈藥，你出去看看。」

「哦？」謝初恭和伶伶走出辦公室，只見每枚置物櫃鑰匙孔上，都插著一把鑰匙。

謝初恭揭開每座櫃子，從中取出戰術背包、腰包穿戴上身，將櫃中散彈槍彈藥搜刮一空，一枚枚裝入散彈槍彈倉，那彈倉像是無底洞般，無論塞入多少枚彈藥，都不會裝滿。

跟著，謝初恭從櫃中翻出一頂戰術頭盔戴上，頭盔上的耳機立時響起文孝晴的聲音。

「置物櫃裡除了我放進去的彈藥之外，是不是擺著一堆文件？」

「對耶，這些是什麼？」謝初恭調整頭盔綁帶緊度，接連看過數個置物櫃，裡頭確實擺著一份份文件夾，他翻看文件夾，只見每份文件夾裡，都有一份個人檔案。

「我從遊戲程式碼裡也搜到這些個人資料，其中有個人叫『高文彬』。」文孝晴這麼說：「你看看櫃子裡有沒有這個人。」

「高文彬？啊！就是委託人高小姐的弟弟？」謝初恭呆了呆，跟伶伶一齊翻找櫃中一份份文件夾。

「還有一點。」文孝晴說：「我從程式碼裡，發現每份資料夾，都對應一個專屬道具，我現在還不清楚那是什麼道具。但我發現那件特殊道具，有兩種型態，分別是『空』跟『滿』——你現在仔細看看，櫃子裡除了文件夾，還有沒有其他東西？」

「除了彈藥之外，就只有文件夾……」謝初恭再次仔細檢查置物櫃和文件夾，突然怪叫一聲。「等等！個人資料後面有一張卡片！」

「卡片？」文孝晴問：「啊，我看到了……卡片上有寫字嗎？」

「寫字？」謝初恭捏起卡片，對著戰術頭盔上的攝影機翻看，喃喃說：「有寫名字。」

卡片上確實寫著名字，就是該份文件夾裡個人資料上的名字。

「這邊可以打開喔？」伶伶也翻著一張卡片，只見那卡片上窄下寬、略呈三角，彷如摺紙藝術，但卻看不出摺的是什麼。

伶伶撥看那卡片窄口處，見那兒洞口，能夠伸入手指，將扁平摺紙卡片，自內向外，推成立體狀，她托著那只立體的錐形「卡片」，喃喃說：「這是什麼？蓮霧？金字塔？富士山？」

「不對。」文孝晴啊呀一聲，說：「伶伶，妳反過來拿。」

「反過來？」伶伶呆了呆，將本來托在掌心上的立體卡片，上下顛倒，變成了上寬下窄。「這是……」

「天燈。」文孝晴說。

「天燈？」謝初恭也有樣學樣地將扁平卡片，推整成立體狀，捏在手上仔細看，形狀確實有點像天燈。「一份個人資料，配一份寫著名字的天燈卡片？」

「你們找找其他份資料。」文孝晴說：「我剛剛說，道具代碼裡的『天燈』有兩種型態，你們看有沒有其他樣子的天燈。」

「『空』跟『滿』是吧……」謝初恭喃喃說，又翻了幾份資料夾，說：「都是同一種天燈卡片，但是，有些人的資料夾裡，沒有卡片。」

「沒有卡片？」文孝晴有些困惑。「所以這個天燈道具的兩種型態，是『有』跟『無』，不是『空』跟『滿』？」

「啊呀！」伶伶尖叫一聲：「我找到高文彬的資料了！」伶伶托高文件夾，微微低頭，讓戰術頭盔攝影機拍攝文件夾裡的個人資料，確實就是這次委託人弟弟。

「他的資料夾裡有天燈卡片嗎？」

「沒有。」

「這樣啊……我好像懂了……」文孝晴思索半晌，說：「總之，我先把地圖傳給你們，先破關再說。」

「破關我就能回到真實世界了嗎？」謝初恭問。

「不曉得。」文孝晴說：「但可以確定的是，不破關你就出不來。」

「好吧。」謝初恭揚了揚散彈槍，說：「先破關吧，我們現在有阿晴的外掛，彈藥充足，打爛那些妖魔鬼怪不是問題。」

他邊說，往電梯走去，頭盔耳機微微響起一串鍵盤聲。

廊道牆面啪嚓垂下一幅地圖。

地圖裡兩枚紅點，正是兩人當前位置。

「你們聽好，你們現在被困在一個巨大的迷宮裡，這座大迷宮超過一百層樓高，有一堆假路跟死路。」文孝晴說到這裡，廊道壁面垂下第二張地圖，是幅建築剖面圖，整棟建築造型古怪，像是一座由數十棟樓房交錯堆疊而成的古怪城堡。

這剖面圖上也有表示兩人當前位置的紅點，位於整棟建築約莫三分之一高的地方，按樓層推算，距離頂樓約有八十層樓高，離地面則有二十來層。

「這麼大……」謝初恭詫異望著兩幅地圖，喃喃問：「我們現在要上樓還是下樓？」

「嗯，我研究一下地圖……」文孝晴說完，安靜數分鐘，才說：「上樓。」

「哦，樓上有出口？還是……有魔王？」謝初恭問。

「都不是。」文孝晴回答：「我用程式搜尋這座迷宮大樓的地圖，發現樓上有一間隱密房間，也有『天燈』這項道具的代碼。」

「天燈？剛剛文件夾裡的摺紙卡片？」

「對。」文孝晴解釋：「這麼大一座迷宮，只有你們現在的資料櫃，跟樓上神祕房間裡有這件道具，既然高文彬的天燈不在置物櫃裡，那麼很可能在樓上神祕房間裡。」

「委託人弟弟昏迷不醒、他的魂魄可能困在遊戲裡、他的個人資料裡沒有天燈卡片……」謝初恭嘗試拼湊著這些線索，喃喃說：「所以天燈卡片，跟這個遊戲玩家的靈魂有關？」

「很有可能，但我想再仔細確認一下。」文孝晴敲了一會兒鍵盤，置物櫃撲通落下一個東西。

是個模樣古怪的機器人，像是用垃圾桶和大大小小的空罐頭拼裝而成，兩枚眼睛歪歪斜斜，是一大一小兩只廢棄相機鏡頭。

「這是我設計的遊戲裡的角色。」文孝晴這麼說——她與謝初恭合作，租下通靈事務社主臥房，就是為了節省租金，將更多資源投注在自己創作的遊戲上。「你們可以叫他『廢五金』。」

「呃……」謝初恭和伶伶都知道文孝晴平時閒暇之餘，就專注設計自己的遊戲，因此儘管眼前這廢五金模樣古怪，也不好意思取笑，而是恭恭敬敬地向廢五金點了點頭。

廢五金沒有理會兩人，自顧自地整理起櫃裡的文件夾，一一取出，用兩隻破鏡頭喀嚓拍攝資料，且會翻開檢查資料底下有無天燈卡片。

「我想知道這上百份名單究竟有什麼共通點。」文孝晴說：「你們開始往樓上進攻吧，我會支援你們彈藥。」

謝初恭和伶伶互望一點，點點頭，舉槍上樓——他們沒坐電梯，因為按照外掛開啟的地圖來看，那座電梯是假的，上不了樓也下不了樓，進去之後只會卡在原地不動，且必然要面臨後續鬼怪、殭屍襲擊。

他倆靠著外掛提供的大量彈藥，轟倒樓上巨人，按照文孝晴指路，一連登上十樓。

「還要繼續往上？」謝初恭有些氣喘吁吁，嘟囔抱怨。「玩個遊戲也能這麼累，跟真爬樓梯一樣……」他還沒說完，身旁販賣機震動起來，喀啦啦落下一堆東西。他湊近去看，原來是堆補給飲料，他揭開一瓶喝下，只覺得精神百倍。

「小心！」文孝晴陡然尖叫。

販賣機啪嚓裂開，一隻手持著菜刀，劈在謝初恭頸上。

GAME OVER——

□

謝初恭睜開眼睛，又回到先前那復古辦公室裡，伶伶就站在他身邊，兩人像是同時回過神般。

他們互望一眼，哇了一聲，此時兩人，都穿著一身囚服，雙手銬著手銬、兩腳鎖著腳鐐。

牆邊告示板上，謝初恭的死亡次數，增加了一次。

「我的頭盔呢？為什麼戴著手銬？」兩人驚訝呼喊：「阿晴！怎麼回事？」

老舊電視機沙沙幾聲，出現一個陌生男人的臉。

男人戴著眼睛，皺眉望著謝初恭，冷冷說：「你是誰？」

「喝！」謝初恭驚嚇反問：「你又是誰？」

男人靜默半晌，說：「我是這個遊戲的主人，是這裡的王。」

「主人？」謝初恭哦了一聲，問：「所以這遊戲是你設計的？」

「是。」

「你知道你設計的這款遊戲，會讓玩遊戲的人陷入昏迷嗎？」

「當然，這本來就是我設計這款遊戲的目的。」

「你為什麼這麼做？」

「關於這點，你就不須要知道了。」男人推了推眼鏡，好奇問：「檔案庫裡，沒有你的資料。你到底是誰？你怎麼有辦法進入我的遊戲？」

謝初恭也坦承不諱地說：「有位老弟玩了你遊戲，結果昏迷不醒，他姊姊請我幫忙。」

「這我可以猜得出來，但我的問題是——」男人不耐追問：「沒有我發出的邀請函，你怎麼知道從哪下載遊戲？」

「是我幫他進來的。」文孝晴的聲音也在老舊電視機裡響起。

電視畫面上，出現一個小小的分割視窗，擋在男人左眼上，正是文孝晴。

「你好啊，同行。」文孝晴微笑地說，還刻意往底下望，讓畫面呈現出她朝著男人說話的效果。

「同行？」男人皺了皺眉頭，說：「妳……也是遊戲企劃？」

「不。」文孝晴搖搖頭。「我是一人工作室，企劃、美術、音效、程式一手包辦，不過我本行是程式設計師，同時也是一名駭客——我找出被刪除的邀請函，重新下載遊戲。」

「原來是駭客啊……」男人哼了哼，有些不屑地說：「所以，你們進入我的遊戲，是來救那些屁孩的魂魄？」

「『那些』？」謝初恭啊呀一聲，說：「所以這款遊戲不只一人玩過，還有其他人玩了，然後也昏迷不醒……」他說到這裡，陡然明白什麼。「所以外面那幾個資料櫃裡的文件夾，都是受害人？」

「……」男人默然半晌，冷笑說：「是已經受害的人，和即將受害的人。」

「這些人……我看看喔，他們大部分都是學生吧，他們做了什麼得罪你的事情？」文孝晴問。

「我不需要回答妳的問題。」男人面露不耐地說：「你們闖入我的地盤，就留在這裡陪我吧……」

「等等！」文孝晴嘿了一聲問：「你剛剛說『留在這裡陪你？』所以，你也是鬼？」

男人沒有回答，身影從畫面中消失。

文孝晴的分割畫面，又擴大回整個螢幕，她說：「社長、伶伶，準備一下，女鬼來了。」

「什麼！」謝初恭左顧右盼，著急說：「我要準備什麼？我上著手銬啊。」

「我在正前方抽屜裡放了手銬鑰匙，武器彈藥放在大置物櫃裡，動作快！」文孝晴笑著敲著鍵盤。

辦公室外，大量腳步聲自遠而近地逼來。

同時響起男鬼女鬼的咆哮聲，昏黃窗户變得血紅一片，還颳著淒厲風聲。

啪、啪啪啪！辦公室門上釘出一片片木板，門緣出現一枚枚小鎖頭。

文孝晴使用外掛程式幫忙擋門，替謝初恭和伶伶爭取時間。

磅！一把利斧在門板上劈出一道裂口。

啪！裂口瞬間蓋上一塊木板。

磅！第二柄利斧劈出裂口；啪！裂口也即時封上木板。

「快快快！」謝初恭翻出鑰匙，和伶伶互相解開手銬腳鐐，來到置物櫃前，重新取出戰術頭盔和武器彈藥裝備上身。

幾片大窗飄盪起厲鬼身影，轟隆數聲破窗而入。

謝初恭和伶伶連忙轉身開槍，將試圖闖進辦公室的惡鬼轟出窗外。

辦公室大門轟隆隆震動起來，一柄柄手斧、菜刀，逐漸將門劈開。

「阿晴，快擋不住了！」謝初恭嚷嚷怪叫，還沒叫完，就聽見置物櫃門磅啷推開，廢五金挺起兩具「火神砲」走了出來——火神砲是裝載在武裝直升機上的重型機砲，在恐怖電玩裡，通常是進入遊戲後期才能取得的重型武器。

老舊電視上的文孝晴，改持遊戲手把，操控著廢五金，揚開雙手，舉起兩挺火神砲，一只朝窗、一只朝門，同時開火。

轟轟轟——

一輪狂轟濫射，將破窗衝門的鬼怪全數轟斃。

閃亮亮的金幣瞬間如雨般墜落。

「可以往外推進了。」文孝晴這麼說，控制著廢五金在前頭開路，還抽空單手敲打鍵盤，門外廊道置物櫃啪啦啦揭開，出來的卻不是敵人，而是四隻小一號的廢五金。

四隻小廢五金都只有謝初恭膝蓋那麼高，各自舉著兩柄烏茲衝鋒槍，等待謝初恭和伶伶通過身邊，立時將槍口對準辦公室門，一見鬼怪擁出，立時開火——小廢五金體型雖小，但是八支衝鋒槍同時開火，火力也不容小覷，一枚彈匣清空，立時從揹在背後的鐵鍋中取出新彈匣換上。

同時，置物櫃裡又走出兩隻小廢五金，推著兩台裝滿彈藥的小推車，替眾人補給彈藥。

在廢五金兩挺火神砲開路下，一行人一口氣向上推進了三十層樓。

謝初恭舉著散彈槍，四處轟殺惡鬼，最初的恐懼緊張無助此時早一掃而空，彷彿將恐怖生存遊戲玩成了無雙遊戲，他一面開槍，一面嚷嚷：「阿晴阿晴！該換把更強的武器給我了吧！散彈槍開得有點膩了。」

伶伶也開口附和：「對啊，阿晴姊，我也想換武器了。」

「好。」文孝晴的聲音自廢五金嘴巴裡的擴音器響起。「我剛剛也正替社長打造新武器，不過我一邊玩一邊設計，沒辦法弄得很漂亮，請多多包涵。」

「是什麼樣的武器？」謝初恭連開數槍，只見身旁壁面變化，露出一面金屬門，金屬門喀嚓橫向開啟，裡頭是一只奇形怪狀的狙擊步槍。

這把狙擊步槍槍管特別長，槍管上嵌接著十餘把各式手槍和衝鋒槍，乍看之下，彷彿是小學生奇特妄想下的產物。

「這要怎麼用啦！」謝初恭取出那柄怪異狙擊步槍，持在手上，一時不知該如何擊發。「這麼多槍，要扣哪個扳機啊？」

「扣最主要那個。」文孝晴答。

「這個嗎？」謝初恭舉槍對準兩隻殺來的鬼怪，扣下步槍自身扳機。

磅、答答答、碰碰、倏倏、轟、踏踏踏——十餘把各式槍枝，一齊開火，瞬間擊倒兩隻鬼怪，火力儼然不輸給廢五金手上那火神砲。

「哇靠，這麼厲害！」謝初恭又驚又喜，突然想到一個問題。「但這樣要補充彈藥很麻煩吧……」他還沒說完，只見怪異步槍上，站起一個更小一號的廢五金，縱身躍進謝初恭腳邊的推車裡，動作俐落得像隻松鼠，捧起大堆彈藥循著謝初恭身子竄回步槍槍管待命。「他會幫我換彈藥喔？太屌了吧！」

「那我呢那我呢？」伶伶嚷嚷叫著，也從一扇緩緩浮現的金屬門裡，取出一把全自動榴彈槍。

那榴彈槍轉輪彈匣裡每發榴彈，效果不同，有的是冰凍彈、有的是電擊彈、有的是燃燒彈、有的是硫酸彈，且同樣配備一隻迷你廢五金，替伶伶四處搜刮各種榴彈彈藥。「天啊，好可愛喔！」

廊道前方一只擴音器，響起男人惱火聲音：「你們開外掛玩遊戲，這樣有意思嗎？」

「超有意思啊！你沒這樣玩過嗎？」謝初恭笑著對著擴音器開槍，十餘把槍轉眼射爆擴音器。

另一處天花板也垂下擴音器，男人氣憤地說：「女人，妳不也是做遊戲的，結果妳開外掛玩遊戲？」

「是啊，怎麼了嗎？」文孝晴的聲音自廢五金口中淡然響起。「你這遊戲是單機遊戲沒錯吧，我們沒有和其他玩家競爭，不需要考慮公平與否；我喜歡玩遊戲，但不喜歡被遊戲玩，你關卡設計得不合理，存心整人，我開外掛跳過你這些爛梗，挑我覺得有趣的部分玩，天經地義不是嗎？你看電影、看A片、看小說，看到不喜歡的部分也可以跳過啊！」

「狗屁！歪理！」男人像是被文孝晴這番話激怒一般，怒吼一聲，整條廊道都在震動，劈里啪啦垂下一幅幅畫，畫中男女肖像紛紛七孔流血，攀爬出畫，四面八方擁向謝初恭等人。

文孝晴飛快敲打鍵盤，畫作裡跟著飛出大量無人機，機身伸出槍管，自動朝著惡鬼開火射擊。

「我哪句話說的不對？」文孝晴挑釁反問。

「妳說我的關卡是爛梗？」男人暴怒大喝。

「超爛、爛透、爛到爆炸！」謝初恭搶在文孝晴之前開口：「你設計那什麼鬼東西，販賣機賣的手槍沒彈匣！售價還一口氣漲十倍！子彈根本不夠用！電梯根本是假的！這要怎麼玩？你玩給我看啊！」

「關卡容易你們嫌簡單，關卡難了你們嫌過不了，話都你們在說！」男人沙啞怒吼：「活該你們受困、活該你們破不了關！哈哈哈哈！」

「哦？」文孝晴似乎聽出些許頭緒，問：「所以這些受害人，以前嫌棄過你企劃的遊戲，所以你做這款爛遊戲向他們報仇。」

「妳憑什麼說我做的遊戲是爛遊戲——」男人勃然大怒。

「故意刁難讓人破不了關、囚禁人家魂魄，讓他們像是植物人一樣永遠躺著，他們的家人會有多傷心？你這樣跟殺人差不多了！」文孝晴大聲回嘴。「天底下還有比你這款爛遊戲更爛的爛遊戲嗎？」

男人被文孝晴這麼搶白，無法辯駁，喘著氣說：「我沒有殺人，他們的魂魄我都藏在安全的地方……我只是給他們一點教訓，讓他們知道……不要隨便批評別人的心血……」

「正常人被罵，要不罵回去，要不告上法院。」文孝晴說：「而不是把人靈魂偷走藏起來。」

「正常人……」男人呵呵笑了，笑聲隱隱透出哀悽。「我早不算正常人了……」

「所以你承認自己不是人了？」文孝晴也笑說：「你因為我幾句話，氣成這樣，你胸中積著不少怨氣對吧，你是自殺的？因為被玩家罵？」

「妳懂個屁……」男人聲音有些疲憊。

四周廊道不再奔出鬼來，大小廢五金和一票無人機，將謝初恭和伶伶守得密不透風。

「等等，我查查看，『遊戲企劃』、『自殺』……」文孝晴喃喃自語，敲著鍵盤。「怎麼找不到？」

「我不是自殺！」男人大喝。

「你別激動。」文孝晴又說：「我問問我前同事，看有沒有人聽說過最近有遊戲企劃被玩家罵，結果哭著自殺。」

「我說我不是自殺，我也沒哭！」男人暴怒，四周廊道再次震動起來，壁面還爬出裂痕。「我直到最後一刻，都還在修改企劃！我為了公司、為了遊戲、為了玩家，鞠躬盡瘁！但那些混蛋，只知道挑剔，他們的嘴沒有一刻停下，他們永遠不知道滿足，有本事來應徵啊！有本事自己來做啊！混蛋、混蛋、混蛋——」

「嗯，原來如此，你是過勞死。」文孝晴淡淡說，還補上一句。「那我問一下前同事，看他們有沒有聽說最近哪個遊戲企劃過勞死在公司。」

「賤貨妳煩不煩啊——」男人激動怒吼，廊道震動得更為劇烈，壁面裂縫也越來越大，但是啪嚓一聲，文孝晴啟動外掛修補功能，震動緩緩停下，牆壁裂痕也快速癒合。

男人喘著氣問：「妳在肉搜我？妳想找出我真實身分？」

「等等！」謝初恭突然大叫：「我剛剛好像看過製作名單！都是同一個人，我記得姓林……林什麼？啊，還有聖！聖Studio……阿晴，這傢伙叫林聖什麼……第三個字我想不起來。」

「不行肉搜嗎？」文孝晴答：「你應該也是從遊戲論壇，找出那些批評遊戲的玩家ＩＰ和Email，寄遊戲網址給他們，騙他們上當，對吧……嗯！等等，剛剛我把廢五金整理出來的個人資料，輸入程式比對搜索，現在有結果了。」

百來份個人資料上的網路ＩＤ、Email帳號、ＩＰ位址、外加謝初恭提供的「林」和「聖」作為關鍵字，經由文孝晴撰寫的程式自動拼湊、搜索、分析之後，乍看下支離破碎的資料，全都指向一個知名網路遊戲論壇裡一款遊戲專板，那是幾年前一款網路多人角色扮演遊戲——

無盡城市

「等等？這款遊戲我有印象！」文孝晴飛快敲打鍵盤，驚呼一聲。「我想起來了，就是這件事，當時還上了新聞，我記得那時我有備份相關新聞跟遊戲討論版上的討論內容！我怎麼現在才想到……」

「妳不要再肉搜我了！」男人暴怒尖叫。

大批惡鬼再次擁現，被謝初恭這方強大火力瞬間擊潰。

「找到了——林聖凱！」文孝晴沉沉說：「你叫這個名字對吧。」

「對！」謝初恭怪叫：「就是林聖凱！」

「……」男人——林聖凱沉默不語。

「什麼樣的新聞啊？」謝初恭喃喃問，只見牆壁浮現一面液晶螢幕，上頭播放著一則新聞——

「遊戲公司企劃連續加班一週之後，於辦公室暴斃；家屬控訴公司長期壓榨員工，導致死者身心出現問題……」

新聞播放到一半，謝初恭感到雙腿微微浮現涼意，低頭，只見一個凶惡女鬼，飛快自地拔起，瞬間站在他面前，一刀插進他心窩。

□

「哇！」謝初恭撫著心口怪叫，發現自己又回到復古辦公室裡。

「等等，我死了？」謝初恭盯著告示板上，自己的死亡次數，又增加一次。

「天啊，又要重來一遍？」

「還呆著幹嘛，去打開置物櫃。」文孝晴的聲音再次從電視機傳出。

「……」謝初恭沮喪揭開置物櫃取裝備，卻發現置物櫃裡沒有裝備也沒有武器，只有一枚大型按鈕。

「按下去。」文孝晴這麼指示。

謝初恭默默按下按鈕，只見四周天旋地轉，他回到剛剛被女鬼插死的位置，武器、裝備都在手上，大小廢五金、空拍機，也都停留在原本的位置。

「啊！怎麼回來了？武器也在？」謝初恭瞪大眼睛，陡然醒悟，驚喜嚷嚷：「阿晴，妳有存檔？現在可以存檔了？」

「對。」文孝晴說：「我加入存檔功能了，所以，聖凱兄，你別再使小手段了，沒用的；還有，你繼續蓋新房間也沒用，因為我能直接看到這款遊戲的程式碼，整個迷宮也看得一清二楚，只要我想，還可以直接修改內部構造，例如——」她說到這裡，又敲了敲鍵盤。

廊道再次震動起來，牆壁浮現一扇電梯門。

電梯門打開，文孝晴說：「社長，進電梯吧，我已經替外掛加上跳關功能了。」

「什麼？還可以跳關喔！」謝初恭踏進電梯，只見電梯裡便只一個按鈕——最後一關

謝初恭正要按下按鈕，突然問：「等等，伶伶呢？伶伶上哪去了？」

「我派她進行其他任務，接下來就看你的了，社長。」文孝晴這麼說，控制廢五金伸手進電梯，替謝初恭按下按鈕。

電梯四壁是透明的，門一關，電梯緩緩上升。

謝初恭獨自站在電梯裡，只見外頭電梯倉道逐漸傾塌崩裂、電梯纜繩似乎也斷了，但電梯並未墜落，而是被大量無人機甩下鋼索，吊在空中，繼續向上飛升。

電梯外的建築繼續向外崩裂，清出一條筆直向上的空間，各樓層都有鬼怪

竄下，四面八方朝電梯擁來。

攀在電梯頂上的大小廢五金們，立時聯合無人機隊開槍迎擊。

電梯持續飛升，文孝晴敲敲鍵盤，替電梯內部也裝上一具擴音器，說：

「聖凱兄，你玩不過我的，投降吧。」

「……」林聖凱的聲音再次從擴音器響起。「妳就這麼有把握？」

「對啊。」

「憑什麼？」

「憑你只是遊戲企劃。」文孝晴笑說：「而我的老本行是寫程式，又是個駭客，要比即時修改遊戲參數、功能、環境，你怎麼跟我比？」

她說到這裡，喀嚓一聲，像是重重按下鍵盤按鍵。

「跳關成功。」

電梯停下，門打開，電梯外是一間昏暗的長形房間。

房間另一端，擺了張寬大電腦桌，桌上堆滿大大小小的螢幕、桌邊圍繞著數十台電腦主機。

房間兩側，有兩排大小不一的方格櫃，兩排木櫃中的兩百餘處櫃格大多是空的，但也有約莫十分之一的櫃格裡，飄浮著巴掌大的紙摺天燈，泛著微微光芒。

謝初恭抬頭，見房間天花板上，有一扇碩大天窗，外頭是星空，灑下銀白月光。

天窗透入的月光、二十餘只天燈微光，加上電腦螢幕和主機指示燈發出的光，就是這昏暗房間裡所有的光源。融合成一種詭譎氛圍。

謝初恭舉著怪異步槍踏出電梯，回頭瞧瞧，只見身後牆壁布滿裂痕，電梯門歪歪斜斜地嵌在牆上，彷彿像是被文孝晴使用外掛硬塞上牆，將他強行送來這間房一般。

電腦桌那端站起一個男人，模樣斯斯文文，戴著黑框眼鏡，臉色微微發青、口唇有些蒼白，正是那位數年前過勞死在遊戲公司裡的林聖凱。

謝初恭舉槍對準林聖凱，身後電梯門喀啦啦變形，變成一座大置物櫃，櫃門打開，走出來的是大小廢五金們，也紛紛舉槍對準林聖凱。

「……」林聖凱冷笑望著謝初恭，沒有做什麼激烈動作，似乎懶得再放鬼了。

「林聖凱，你輸了。」文孝晴的聲音從廢五金口中響起。

「不，我沒輸。」林聖凱笑著說：「就算妳比我更會寫程式、還是個駭客，那又如何？妳現在已經知道我是鬼了，駭客再厲害，能比鬼更厲害嗎？這裡是我創造的世界，是我的地盤，妳能奈我何？妳不信的話，就開槍吧，看有沒有辦法打死我。」

「老兄！」謝初恭忍不住插嘴。「你有所不知，我們阿晴除了是遊戲設計師、程式設計師、電腦駭客之外，還是通靈事務社首席談判專家。」

「啊？」林聖凱像是一時無法理解「通靈事務社首席談判專家」這頭銜究竟是什麼玩意兒。「你說什麼社？」

「通靈事務社。」

「事務社是什麼？我只聽過事務所。」

「事務社就是事務所啦！」謝初恭羞惱解釋：「本人以前開徵信社，頭銜是徵信社社長，我當社長習慣了，改叫『所長』多奇怪，所以公司就叫通靈事務社，不行嗎！」

「通靈事務社，通靈……我懂了。」林聖凱乾笑兩聲。「那些大放厥詞結果破不了關的廢物的家人們，找你們幫忙，所以你這社長帶著那位『談判專家』，進我的遊戲踢館。」

「差不多啦……」謝初恭點點頭。「你知道就好。」

「你扯一大堆廢話，結果還是沒辦法回答我剛剛的問題。」林聖凱冷笑地推了推眼鏡。

「你剛剛什麼問題？」

「這裡是我的地盤，而我是鬼，就算你們開外掛，頂多保護自己不會

GAMEOVER，但還是沒辦法真正破關，我們就這樣一直耗下去吧。」林聖凱笑著說：「反正我有的是時間。」

啾啾啾啾——林聖凱身後響起一陣尖銳的鳥叫門鈴聲。

林聖凱駭然轉身，只見身後壁面竟無端多出道門，門旁還鑲著一只鳥窩門鈴。

「孝晴姊，我來了。」伶伶的聲音自門外響起。

「我幫妳開門。」文孝晴飛快敲了幾下鍵盤。

喀嚓一聲，門開了。

伶伶走出，此時的她，穿的不是剛剛那身特種部隊戰服，而是她生前學校制服。

「妳……妳怎麼進來的？妳怎麼會找到我？」林聖凱驚呼：「啊，難道妳也是鬼！」

「對，我跟你一樣都是鬼，是阿晴姊把我寄過來的。」

「把妳『寄』過來？鬼要怎麼寄？」

「我既然知道你的名字、知道當年那款遊戲。」文孝晴笑著說：「當然一下就找到你公司啦。」

「找到我公司然後呢？」

「然後？然後就寄Email，把伶伶夾進附件寄去你們公司伺服器裡啊。」文孝晴解釋說：「你當年過勞死在遊戲公司辦公室裡，我猜你的魂魄應該躲在公司伺服器裡，用公司電腦裡現成的３Ｄ建模、音效，來打造你的私人遊戲——看來我猜對了。」

「等等先別講這些！」林聖凱怪叫：「妳能用Email把鬼包進附件，寄到其他電腦伺服器裡？妳是怎麼做到的？」

「我只知道可以這麼做，但是具體到底怎麼做到的、原理是什麼，我也不懂。」文孝晴說：「你面前的女孩和你一樣，是個只能遊走在網路、電腦、手機世界裡的鬼。」

「大哥你好。」伶伶笑著說：「我叫伶伶。」

「妳……妳來找我，想幹嘛？」林聖凱說：「你們破不了我的遊戲，想直接對我下手？來啊！過來打我啊！」

「我不是來打你的。」伶伶笑說：「我是來幫阿晴姊放木馬的。」

「放……木馬？放什麼木馬？」林聖凱問。

文孝晴解釋：「我現在用的外掛程式，裝在我自己的電腦裡，透過網路，連進我們社長的遊戲電腦；而我掌握到的遊戲資料，就是從社長電腦裡擷取出來，也就是你開放下載的部分——但整個遊戲本體，包含很多並未開放的檔案，全都存在你們公司伺服器裡，那麼你覺得我派伶伶進你們公司伺服器放木馬，目的是什麼呢？」

「妳想徹底毀了我的遊戲？」林聖凱終於恍然大悟，對著伶伶大吼：「妳不准放木馬——」

「我已經放了。」伶伶吐了吐舌頭說：「就是因為我放了木馬，所以孝晴姊才能在你房間『開門』讓我進來。」

「聖凱兄，你別激動。」文孝晴笑說：「我沒打算毀掉你的遊戲、更沒打算毀掉你，我只想跟你談條件。」

「妳……」林聖凱像是洩了氣的皮球，喃喃說：「妳想談什麼條件？」

「你等我一下，我到你公司跟你聊。」

「妳要來我公司？妳用什麼理由進我公司？妳認識我以前同事？」

「不，我不須要進你公司，我只要站在附近，就能影響到你。」

「影響我什麼？」

「我能讓你長年積壓在胸口的怨氣消散，讓你比現在更清醒理智，這樣比較好談。」

「我聽不懂。」

「等等你就懂了。」

接著，是一段漫長的靜默無聲。

林聖凱坐回電腦桌前，不再說話，伶伶為了避免刺激林聖凱，也沒多說什麼。

謝初恭剛剛趁文孝晴與林聖凱對話時，默默檢視四周方格櫃子，他見櫃格裡的天燈上寫有名字，便悄悄探找其他天燈，很快從二十餘只天燈中，找出寫有委託人弟弟名字的天燈。

他伸手想拿出天燈，卻摸了個空，這才明白這間房裡的一切，全是虛幻投影，林聖凱的真身位於遊戲公司伺服器裡，也因此林聖凱對於他的到來不以為意，卻對伶伶的現身大感吃驚。因為伶伶是真正潛入遊戲公司伺服器裡，面對林聖凱本尊。

□

「你現在覺得如何？」文孝晴盯著筆電螢幕，透過遠端程式與謝初恭那遊戲筆電連線，與遊戲裡的林聖凱對話。「我到你公司樓下的便利商店裡了。」

「我不知道……」林聖凱喃喃說：「我感覺不出有變化。」

「你現在還生氣嗎？」

「氣什麼？」

「氣那些上網罵你們遊戲爛的玩家。」

「氣啊……那些嘴砲仔……」

「你覺得是他們害死你的？」

「……」林聖凱沉默好半晌，這才說：「有一部分是吧……難度太低有人罵玩起來不過癮、難度調高有人罵故意刁難，總之什麼都能罵、什麼都能嘴……那些人成天批評，我老闆就很不爽，說程式不夠好、企劃不夠好、美術不夠好，這也不滿意、那也不滿意。我們每天加班，全照他的意思改了，結果玩家罵得更凶，老闆就更不爽，我們就更晚下班……」

「我猜你現在其實已經意識到真正應該怪罪的對象是誰了。」

「……」林聖凱又沉默好半晌，點點頭。「對，我該怪我們老闆。」

「沒錯。」文孝晴微笑說：「他看到玩家的批評文章，心裡不開心，但他其實不懂你們工作上碰到的問題，因為他根本外行，不但外行，且對遊戲、對創作壓根沒什麼核心理念，因為沒有核心理念，所以太把玩家的批評當一回事，不懂得區分哪個批評有條有理，可以參考改進、哪則批評狗屁不通，真照做就完蛋。但最可怕地方是他自以為內行，不停給你們一些一聽就知道行不通的方向，要你們這麼做就對了，即便你們告訴他那樣做行不通，他也聽不進去，非要你們焦頭爛額加班一段時間之後，然後失敗、被玩家罵慘，他才明白他先前指示的那條路根本是條死路，但即便如此，他也不會承認是自己指錯了路，而是會反過來說是你們不夠努力，所以成績不夠好。」

「呃！」林聖凱聽文孝晴這麼說，喃喃問：「妳真認識我以前同事？」

「不，我不認識。」

「那妳怎麼知道我們老闆那嘴臉？知道我們當時工作情況？」

「因為這種情況不只有你碰到。」文孝晴笑說：「台灣隨便一條街，一抓就是一大把老闆，人人都可以當老闆、人人都覺得自己是賈伯斯附身、是經營之神。我們當人員工的，有幸跟到好老闆，隨時都有小確幸，倒楣跟到豬頭老闆，每天上班都像在糞坑打爛仗。我只能說，我很同情你當年處境，但冤有頭債有主，網路玩家就算罵得再過分，你把他們拐進你的遊戲，狠狠修理他們，也差不多該消氣了。不是嗎？」

「……」林聖凱沉默半晌，抓抓頭、苦笑說：「聽妳這樣說，好像真沒什麼好氣的了……」

「那我們算是談成了？」

「談成什麼？」

「你放過那些玩家魂魄，讓他們回家，我不但不會破壞你的遊戲，甚至能提供你一些好處——例如可以分享給你一些製作遊戲的素材，我蒐集很多免費素材，或是之後收入改善，組台更好的電腦，幫你備份資料——你把自己做的遊戲藏在公司伺服器裡，要是哪天電腦壞了，或是被人發現這些遊戲資料，隨手砍掉，你的心血就沒了。但我幫你備份，萬無一失。又或者，我還能幫你轉移陣地，讓你進入手機之類的裝置，帶你去見你想見的親人一面。」

「我沒什麼想見的親人……」林聖凱苦笑了笑，說：「且我其實沒有受困，我能自由進出公司伺服器，我只是純粹比較喜歡待在電腦世界裡，我們公司資安不是很嚴密，每台電腦裡都塞一堆廢檔案，沒人會發現有隻鬼躲在電腦裡做遊戲，我待在這裡，比待在真實世界裡更自在……不過妳剛剛的提議，有點打動我了，更多遊戲素材、程式支援、資料備份，我確實很想要這些東西……」

林聖凱說到這裡，走到方格櫃前，取出一只天燈，輕輕托高，讓天燈緩緩上升，他在房中繞了一圈，將二十餘只天燈全放上天。

當最高處那只天燈接近天窗時，天窗猶如自動門般緩緩開啟。

二十餘只天燈飛出窗外，便消失了。

「我本來就沒打算關他們一輩子，之前我氣消了，就會放走那些天燈。」林聖凱說：「只是偶爾想想會覺得不甘心，越想越氣，就寄電子郵件引誘新玩家進我遊戲……聽起來很蠢對吧。」

「不蠢，鬼的心智會受到怨氣影響，陷入惡性循環、做出一些常人看來不可思議的舉動，我的能力之一，就是讓鬼恢復清醒，方便談判。」文孝晴說：「我把Email留給你，你之後有什麼需要，我會盡力幫忙——不過我話先說在前頭，我回去之後，你可能又會漸漸開始有些負面想法，為防萬一，木馬我不會撤走，但你放心，我不會破壞你的遊戲。」

「我明白……」林聖凱幽幽說：「我會繼續做我這款遊戲，我會加入難度調整的選項，等正式完成後，再邀請你們來玩。到時候，別開外掛了。」

「沒問題。」謝初恭揚了揚手上那支奇異狙擊步槍。「到時候我不用這把。」

「等等！」伶伶突然打斷眾人說話，舉手嚷嚷：「林大哥，你能不能幫我也做一盞天燈。」

謝初恭和文孝晴都是一呆，隨即醒悟，明白伶伶這要求的用意。

若伶伶也能進入天燈，且被放出，是不是就代表她能離開網路世界了。

林聖凱聽完伶伶的請求，問明伶伶受困始末，聳聳肩說他不確定自己有沒有辦法幫助伶伶，但他願意試試看。

他花了幾分鐘，摺出一只紙天燈，問了伶伶姓名，寫上天燈——

楊巧伶

CASE# 05

小蝦米與大鯨魚

接到這個案件的時候，我嚇了一跳，真被阿晴說中了，我們跟他扯上關係了——就是上次那個逼車害死人的富二代魏子豪。

他其中一個小弟，自從受害人老爸拿菜刀去他們總公司自殺後，每天晚上都作惡夢，兩個月沒睡過一天好覺，看醫生也沒用，最後上門求我們幫忙。

委託人阿彪年紀約莫二十出頭，一頭金髮，左右耳朵加起來七隻耳環，嘴唇也有一圈唇環，胳臂和頸上的刺青五花八門、花俏漂亮。

但此時阿彪本人，卻遠不如身上那堆花俏裝飾活潑熱情，反而消沉萎靡，像一具行屍走肉。他眼眶周圍有一圈濃厚的黑眼圈，口唇發白地癱窩在會客沙發上。

他並非吸毒，他只是近兩個月嚴重失眠。

在這兩個月前的二十餘年歲月裡，他從來不知道失眠是什麼滋味，因為過去的他除了主動熬夜以外，大多躺下沒多久就能睡著，再睜開眼時，天已經亮了。

但那天之後，他開始睡不著了。

他只要閉上眼睛，就覺得那位可憐的老父親，舉著菜刀站在他床邊。

但當他睜開眼睛，卻又什麼也沒看見。

他身邊豬朋狗友，人人都說只是他心理作用、說他們每天都睡得很飽。

但阿彪仍然堅信，那位持菜刀自殺的老先生，死不瞑目，化為厲鬼來糾纏他了。

文孝晴聽阿彪說完失眠始末，思索半晌，問：「所以，車禍當天，你做了什麼？」

「我做了什麼？」阿彪愣愣地問：「什麼意思？」

「我是指——」文孝晴盯著阿彪雙眼，冷冷地問：「那晚你負責開車？打人？還是阻止救護車救人？」

「沒有沒有沒有！」阿彪連連搖頭，跟著有些心虛，說：「我……我只有亂叫、罵髒話而已……」

「亂叫、罵髒話？你是指類似鼓譟、起鬨那樣？」

「差不多……」

「如果只是這樣。」文孝晴問：「為什麼你覺得亡者只找你報仇，不找其他人？」

「我也不知道。」阿彪抓抓頭，說：「可能我八字輕吧……」他說到這裡，拿出一張紙，上面寫滿魏子豪那批狐群狗黨的出生年月日，以及換算出來的八字，阿彪確實是他們之中，八字最輕的一個。

「呵呵……」文孝晴看了那張紙兩眼，乾笑說：「八字這東西我不懂。」

「妳通靈的，不懂八字？」阿彪有些詫異。

「懂八字的也不見得會通靈。」文孝晴反問：「你比我懂八字，你會通靈嗎？」

「不會……」阿彪嘟嘟囔囔像是想反駁什麼，但又不知該說什麼。

「這樣好了。」文孝晴想了想說：「其實我在你身上感受不出被鬼糾纏的氣息，但如果你還是不放心，我們可以登門造訪你家，仔細檢查，但須要支付額外出勤費用——當然，如果到時候我們確認你確實被鬼糾纏，正式接下案件，那麼你現在支付的諮詢費和出勤費，也會從案件費用中扣除。」

阿彪想了想，無奈點點頭，答應了文孝晴的提議。

□

一小時後，謝初恭和文孝晴來到阿彪家。

阿彪向同住的爺爺奶奶謊稱文謝兩人是他朋友，請他們來家裡坐坐。爺爺奶奶熱情地奉上茶水和點心，文孝晴也不客氣地接過吃下。

跟著，文孝晴在阿彪房裡瞧了瞧，說願意正式接手阿彪這件案子、說自己會盡力幫阿彪解決失眠問題，但有一點很重要——阿彪必須竭盡所能按照她指示行事，如果阿彪不配合，她也無能為力。至於具體指示，她得認真研究後再做吩咐，畢竟這件事牽扯著三條枉死怨魂，要是一個不小心激怒凶靈，後果不堪設想。

「妳剛剛在阿彪家看到枉死怨魂了？」謝初恭駕著車，在返回通靈事務社途中一處紅燈前，隨口問：「所以受害一家的鬼魂真纏著他？」

「沒有。」文孝晴淡淡說：「至少目前沒有。」

「啊？」謝初恭呆了呆。「他家沒鬼？他失眠跟鬼無關？」

「對。」

「那妳怎麼會接下他的案子？」

文孝晴點點頭笑說：「可能我想幫他。」

「妳想幫他？」謝初恭見文孝晴笑得有些狡詐，忍不住問：「還是整他？」

「當然是幫他啊，我整他幹嘛？」

「妳要怎麼幫他？」

「看他接下來表現囉。」文孝晴意味深長地說：「他表現好，我全力幫他；他表現不好，我還是全力幫他。」

「妳這樣說，跟沒說一樣……」謝初恭有些不是滋味。「幹嘛？妳連我也要保密喔？」

「不是保密，是我現在也還沒想好這件事到底該怎麼做，等我仔細想過，會跟你好好討論的。」

「哼……」謝初恭嘟囔埋怨：「有時我都不知道到底妳是社長還是我是社長……」

「社長當然是你啊，你是我老闆，而且是好老闆。」文孝晴笑著說：「好老闆第一要件，就是尊重專業，不會不懂裝懂瞎指揮。」

「是是是……」謝初恭乾笑兩聲，說：「我們首席談判專家阿晴大人最專業了！社長我百分之百信任妳的判斷。」

「乖，就是這樣，保持下去。」文孝晴對謝初恭豎起大拇指。

□

翌日黃昏，文孝晴再次約了阿彪在咖啡廳碰面。

阿彪和昨日一樣，雙眼無神、神色憔悴。

「看你這樣子，昨晚也沒睡好？」

「我一睡著，就作惡夢，然後嚇醒……」

「又夢見那位爸爸拿刀自殺？」

「不……我夢見那個年輕人……抓著我的腳，問我為什麼逼他車……為什麼打他……為什麼擋著救護車不讓救護人員救他……」

阿彪說到這裡，全身縮成一團，摀著雙臉，顫抖說：「可是……我沒有逼他車……我也沒有打他……也沒有擋救護車……做那些事情的人，都不是我……」

「我知道，你只有在旁邊幫忙叫囂而已。」文孝晴淡淡笑說：「那個可憐的傢伙，想報仇，結果找錯人了。」

「那我到底該怎麼辦？」阿彪哭喪著臉問：「他們該不會這樣纏著我一輩子吧。」

「現在他們認為是你害死了他們。」文孝晴說：「如果你能讓他們相信，害死他們的真凶另有其人，他們當然不會繼續糾纏你，而會去糾纏真凶了。」

「真凶……」阿彪喃喃問：「妳是指……」

「那天帶頭逼車的人到底是誰？」文孝晴問。

「我……我真的不清楚……」阿彪搖頭。「我一路上都在打遊戲啊！」

「是嗎？」文孝晴取出手機，點開新聞報導中，那台與受害年輕人駕駛車輛發生碰撞的艷紅四門跑車。「這車是誰的？」

「是魏哥的……」

「魏子豪平常會讓人開他車？」

「不會？」

「所以當晚開車的人，就是魏子豪；帶頭逼車的人，也是魏子豪。」文孝晴說這句話時，用的不是疑問語氣，而是肯定語氣，像是刻意對阿彪施壓。

「……」阿彪沉默老半晌，終於低聲說：「車是魏哥開的沒錯……但我真的不清楚前面發生什麼事，我打遊戲打到一半，聽朋友說外面有白目想跟魏哥『尬車』，然後車子就飆來飆去，我們這邊四台車開始聯手堵那個人的車，再然後，魏哥的車跟那人的車，就……碰到了。」

「嗯。」文孝晴又問：「叫你們下車打受害人的？也是魏子豪。」

阿彪點點頭。

「事後有沒有威脅雜貨店老闆不准作證？」

「這我不知道……」

「好，那你現在去警局，說你是那晚車禍目擊證人，就坐在魏子豪的車隊上。」文孝晴望著阿彪雙眼，一字一句地說：「告訴警察當晚肇事車輛，是魏子豪開的；唆使手下毆打受害人的，也是魏子豪。」

「什麼……」阿彪睜大雙眼，呆愣半晌，連連搖頭。「不行啊……」

「為什麼不行？」文孝晴：「你覺得受害人一家纏著你，你知道他們想報仇，但冤有頭債有主——你舉報魏子豪，將魏子豪繩之以法，這樣受害人不就知道害死他們的真凶不是你了嗎？」

「不行！」阿彪連連搖頭。「不行不行不行……如果魏哥知道我偷偷弄他……那我……肯定完蛋了。」

「嗯。」文孝晴點點頭，像是明白阿彪的難處。「那我們只好換個辦法，迂迴一點了。」

「迂迴？」

「對。」文孝晴說：「我給你一個任務——你把當晚車隊每一個人的資料，列出來給我，像是寫報告一樣，我要知道每個人的姓名、年齡、住址、個性、喜好……能列多詳細、就列多詳細。」

「妳……妳要這個想做什麼？」

「想幫你。」

□

晚餐之後，阿彪把自己關在房裡，對門外爺爺奶奶噓寒問暖只是隨口敷衍。

他伏案在桌，右手捏著筆、左手按著筆記本，雙眼盯著手機裡一張合照。

正是當晚與魏子豪及一票友人與四台車的大合照。

照片裡的他，站在最角落，他大部分身子都讓前頭的傢伙擋住，只露出半邊臉。

他覺得自己很無辜，為什麼那家人誰不找，只找他。

他看著照片上的人，依序寫下名字。

「什麼鬼啊，字有夠醜的……」女孩說話聲自阿彪背後響起，但阿彪聽不見女孩說話，也看不到女孩身影，所以當然也不知道太陽一下山，女孩就來到他家，看著他吃飯、看著他發呆、看著他不甘不願地坐上桌開始寫這份名單。

因為女孩是鬼。

是伶伶。

兩週前，林聖凱將伶伶放入天燈、送出窗外，送回了真實世界。

她離開網路世界第一件事，就是跑去賴廣鈦家，趁賴廣鈦洗澡時，現身把他嚇個半死，然後又跑進賴廣鈦夢裡，跟他說，她從網路世界出來了，以後不用透過手機，也能隨時找他聊天了。

隔天賴廣鈦傳訊給文孝晴，說昨晚不但眼花看見伶伶、還夢見她穿著女僕裝，楚楚可憐地幫自己搥背捏腳。

他說這個夢讓他有種不祥的預兆，著急問伶伶是不是出事了。

文孝晴要他晚上自己問伶伶。

當晚伶伶再次現身，卻不是在賴廣鈦夢裡，而是在他床前。

這次賴廣鈦沒那麼怕了，因為伶伶現身的方式比昨晚人性化許多，且穿著一身學生制服，除了口唇微微有些蒼白之外，氣色並不特別難看。

她告訴賴廣鈦，自己自由了，要他以後不用擔心自己孤單受困在電腦世界裡，可以隨心所欲地去認識新女生，交其他女朋友了。

賴廣鈦說交女朋友的事情以後再說，現在他想和伶伶多聊聊。

一人一鬼，為了不引起家人關切，關上燈，就著窗外月色燈光，講了一整晚的悄悄話。

之後，伶伶被文孝晴收編為通靈事務社正職員工，負責一些跟監偵察的任務，薪資是文孝晴和謝初恭初一十五按時祭祀供奉。

今天，伶伶來到阿彪家中，「督促」阿彪認真寫名單，所謂的督促，就如現在這般，當她覺得阿彪寫得不夠詳細，似乎要開始偷懶時，便適時「提醒他該認真點」。

啪——房中電燈陡然關上。

「呀！」阿彪尖叫一聲，跌下椅子，連滾帶爬地來到門邊，重新按開燈，倚在門邊喘氣半晌，這才回到座位前，還沒坐穩，又嚇得尖叫起來——

他那筆記本空白處，無端多出「給我寫仔細點」一行字。

阿彪嚇癱在地，覺得自己不能呼吸了，抱著聞聲進來的爺爺奶奶大腿放聲大哭，訴說自己的委屈。

爺爺奶奶此時哄著人高馬大的阿彪，要他不怕不怕，就像十幾年前哄著半夜被鞭炮嚇醒的阿彪一樣，花了好大功夫，終於將阿彪從大哭哄至抽噎，直至睡著，這才笑著離開房間。

伶伶做事認真，不會就這麼算了，她進入阿彪夢中，一會兒假扮老太太哭、一會兒假扮年輕人怒、一會兒假扮老先生持刀亂揮，用三個身分輪流對阿彪「曉以大義」，問阿彪是要站在魏子豪那邊，幫他繼續欺負人，還是幫無辜亡者討回公道？

阿彪磕頭求饒，說自己錯了，說自己願盡全力協助文孝晴對付魏子豪。

第二天，阿彪從早到晚，花了好長時間，逐一聯絡當夜車隊成員，與他們閒聊，問了些生活瑣事、興趣愛好、生活怪癖後，寫了滿滿數十頁，一一拍照傳給文孝晴。

伶伶也按照文孝晴指示，拿出江姊右手，像是摸小狗般，摸了摸伏在桌上打盹的阿彪後腦。

阿彪半夢半醒間，感到無比睏倦，沉沉睡死，直至隔天十點，這才睜開眼睛。

他又驚又喜，起身手舞足蹈，儘管這一覺是趴在桌上睡的，身子四肢有些僵硬痠痛，但睡得極飽，這是他兩個多月來，第一次睡得如此甜美安詳，一場惡夢都沒有作。

他盯著桌上那份名單，隱隱感到，自己似乎站對邊了。

□

文孝晴將十四份個人資料，依序貼在通靈事務社辦公室大白板上。

謝初恭則捏著錄音筆，一面補充案件細節，一面在大白板上方，寫下這次行動代號——

懲惡行動

文孝晴隨即擦掉那四字，搶下謝初恭手中的白板筆，重新寫上——

小蝦米行動

「小蝦米行動？」謝初恭像是已經習慣文孝晴這類失禮舉止，隨口問：「是指小蝦米對抗大鯨魚的意思？」

「不是。」文孝晴搖搖頭。「是把大鯨魚打成小蝦米的意思。」

「妳是指……把魏子豪這條大鯨魚打成小蝦米？」

「對，習慣仗勢欺人的傢伙，如果再也沒有勢可以仗時，會變成什麼樣子，你不想看看嗎？」

文孝晴說，魏子豪不僅財力雄厚，名下有好幾間公司，能請得起最好的律師，即便她真能湊齊當夜魏子豪逼車、教唆傷人的事證，也沒辦法讓他在牢裡待上太久。且魏子豪有錢有勢，即便坐牢，在牢裡照樣能夠作威作福，出獄之後，大概也不會悔改，會繼續欺負人。

她想找出他的弱點，能讓他一擊斃命的弱點。

「這份名單裡，有他的弱點嗎？」謝初恭望著那十幾份資料。

「先找看看囉。」文孝晴這麼說：「看阿彪表現吧。」

□

午飯之後，阿彪和小他一歲的聽仔，在車行總部後方空地抽菸時，神祕兮兮地說：「聽仔，你晚上有空嗎？」

「幹嘛？」

「能不能陪我跑一趟？」

「跑哪？」

阿彪說了個地點，聽仔一時想不起來那是什麼地方，狐疑問：「那什麼地方？」

阿彪看看四周，壓低聲音說：「上次撞車的地方。」

「啊！」聽仔訝然問：「你找我去哪裡幹嘛？」

「去拜拜……」阿彪從領口，翻出一只紅色符包，說：「我撞鬼了，師父說他們一家怨氣很重，要我去事故地點燒些紙錢，向死者磕頭賠罪……」

「幹你神經病啦！」聽仔大笑幾聲，大力拍了阿彪幾下。「笑死人喔！怕東怕西還出來混，還撞鬼咧！」

「……」阿彪沒再多說什麼——文孝晴給他的指示，本就只是點到即可，無須強逼。

反正明天，聽仔自己會過來求阿彪。

□

第二天一早，聽仔便將阿彪拉去昨天抽菸的空地一角，緊張兮兮地問：

「你……你說的那個師父……是怎麼說的？」

原來聽仔昨晚洗澡時，感到腦袋被人摸了一把，嚇一大跳，但他很快冷靜下來，覺得是錯覺。

跟著他聽見浴室外有人嚷嚷大叫，連忙關上蓮蓬頭，外頭寂靜無聲。

他覺得自己或許聽錯了，他家就只他一人，浴室外怎麼會有人呢？

但他剛開水，那叫嚷聲音又在他耳際響起，聲音蒼老沙啞，像是十分激動，話語內容，更是不久前曾經聽過——

魏子豪，我當人鬥不過你，只好變鬼去找你啦，你給我等著！

這是年輕人老父親，在車行總部外持菜刀抹開頸子之前，說的最後一句話。

當時聽仔和阿彪，聚在總部三樓看熱鬧，聽到這句話時都捧腹大笑，儘管他們之中，大多數人見到老先生說完竟然當真割頸，鮮血噴得到處都是，可真嚇壞了。但事後大夥兒也並未認真放在心上，更不敢主動在魏子豪面前提起，反倒是魏子豪三不五時會搬出這事調侃取笑那老先生，說這就是世間強者跟弱者的差別——強者總是贏、總是笑，弱者總是輸，輸了只能哭，哭也沒用，只能去死。

聽仔顫抖地說服自己，這只是水流經過水管、沖在頭上、流過耳朵時，造成的錯覺音效，不是老先生在叫。

但那叫嚷聲愈漸清晰，甚至快要蓋過水聲。

他忍無可忍，關上水龍頭。

老先生的聲音竟然還持續迴響。

「幹他媽到底是誰在惡作劇！」聽仔強迫自己將心中驚恐轉變為憤怒，壯著膽子取過浴巾裹住下身，一把開門——

在門推開的前一刻，他覺得——或者說盼望，外面什麼都沒有，只是鄰居故意惡作劇。

但他失望了，門外直挺挺站著一人，不是別人，就是那老先生。

老先生舉起菜刀，抹開頸子，猩紅鮮血噴滿聽仔整張臉。

嚇暈了的聽仔，直到天亮才悠悠醒轉，腦袋亂成一團糨糊般地換衣上班，一見阿彪就拉著他求救。

阿彪說，師父說那一家三口怨氣很重，確定是來報仇了。

被盯上的對象若想保住一條命，就得取得一家三口原諒，如果膽子大的話，可以直接上他們喪命處，想辦法招魂請亡靈現身，當他們面磕頭下跪，請求原諒；如果膽子小，就多花點時間誠心誠意祭祀他們、一日一日化解他們心中怨氣。

「你昨天說的燒紙錢、磕頭……」聽仔捏著菸的手不住發顫。「可以化解他們的怨氣嗎？」

「我不知道，只能走一步算一步了，我今天還要去拜……」阿彪嘆了口氣，從領口掏出一只紅色符包，晃了晃。「平常我就帶著這個，至少可以少看點……不想看的東西。」

「戴上那個，就不會看到……那些東西了？」聽仔瞪大眼睛，喃喃問：「你從哪弄來的？跟那師父買的？能不能幫我也買一個？還是……你帶我去見師父？」

「我還有一個。」阿彪又掏出一只符包，交給聽仔。「先給你用吧，你要陪我去燒紙錢嗎？」

「就我們兩個？你不怕？」聽仔連連搖頭。「多找幾個人啊幹，那天開車打人的又不只有我們！為什麼光找我們？」

「我沒開車也沒打人啊……」阿彪喃喃說：「我只是躲在後面講幹話而已。」

於是兩人先後又找上阿強、大頭、山巴、臭腳，問他們要不要一起上山燒紙錢。阿強等人的反應和昨天聰仔一樣，對兩人冷嘲熱諷。

□

翌日一早，阿強、大頭、山巴、臭腳四人，哭喪著臉，將阿彪和聰仔拉到總部後面空地，詳細詢問昨天阿彪口中的「師父」，究竟是何許人也。

阿強昨晚喝酒時，見到老太太抓著他的腳，求他不要再打她兒子了。

大頭吃飯時，見到年輕人跪在自己面前，滿臉怨恨地向自己磕頭，把整個頭都磕爛了，還繼續磕、不停磕。

山巴窩在房中打手槍時，手機螢幕上的激情畫面，竟變成當夜事發現場，即便他關上手機，四周仍迴盪著當時老先生和老太太的求饒聲。

臭腳一面喝酒吃花生、一面習慣性地聞自己臭腳時，見到老先生蹲在他面前，持刀劈他臭腳，一刀接著一刀。儘管他清醒時雙腳上並無刀傷，但捱刀時的痛楚仍記憶猶新。當天狠踹年輕人最多腳的人，就是這個臭腳。

□

三天後的夜裡。

事件當夜四輛車裡除去魏子豪外的十五人，全湊齊了。

十五人胸前全掛著紅色符包，聚在至今仍未開門營業的山道雜貨店外空地上圍成一圈，人人都持著手機，手機螢幕都是同一個畫面，是一個戴著狐狸面具的長髮女人，也是阿彪口中的「師父」。

師父是文孝晴假扮的，此時文孝晴變裝窩在謝初恭老爺車後座，將筆電放在腿上，透過筆電鏡頭，召開這場視訊會議。

謝初恭的車，就停在距離山道雜貨店上方數百公尺處。

「大家的自白書都寫好了？」文孝晴刻意裝出沙啞聲音問。

「寫好了。」大夥兒你看看我、我看看你，一齊點頭。

「師父……」阿彪提起一只紅布袋，說：「他們的自白書都給我了。」

「很好。」文孝晴滿意地說：「開始吧。」

大夥兒紛紛跪下，在這十五人圍成的圈圈中央，鋪著一張白布，四角壓著蠟燭，周圍擺著鮮花水果等祭祀品。

阿彪帶頭取出一只信封，伏地磕了三個頭，喃喃說：「我是李虎彪，二十一歲，屬牛，五月七號晚上，我坐白車，我罵人，罵得很難聽，我幫魏哥加油、幫兄弟加油，現在我知道錯了……」他說完，再次磕三個頭，然後將信封，恭敬擺上白布中央。

接著是聽仔，也捧著信封磕頭。「我是徐明聰，二十歲，屬鼠，五月七號晚上，我坐白車，我踢了受害人三腳……不，好像是五腳！我也罵人，還跟警察嗆聲，還……還罵救護車的人……我知道錯了……」

眾人一個接著一個，磕頭謝罪，將自己當晚做過的事，出過幾拳、踢人幾腳，有無叫囂、有無妨礙救護人員救人，一五一十地交代，然後將寫有相同內容、外帶身分證字號和指印的自白書擺上白布。

十五份自白書全放上白布之後，大家仍跪在地上，喃喃禱唸。「我知道錯了、我知道錯了、我知道錯了……」

一陣異光在圈圈中央、白布上方亮起。

伶伶現身在眾人面前，此時的她，仍穿著學生制服。

但在眾人眼前，伶伶的模樣，卻是那位持刀抹頸的老先生——這是因為圈圈十五人，每人頸上，有的掛著江姊的手腳，有的掛著江姊的腳，全是伶伶擺上去的，但江姊的手手腳腳，沒辦法分給那麼多人，因此也有人頸上掛著江姊的腸子，或是腦袋上頂著江姊的肝臟、腎臟之類的屍塊。

這幾天裡，他們從嗤之以鼻，到對「師父」服服貼貼，正因為江姊的屍塊讓他們見到幻象，以為受害者一家當真來索命了。

十五人見到「老先生」現身，嚇得伏地磕頭，嚷嚷得更大聲了。「我知道錯了、我知道錯了……」

「害死我兒子的人……是誰？」伶伶扠著腰，在人圈裡繞走一圈，她腳步停在誰面前，那人就磕頭磕得特別大力。

「是不是你？」伶伶來到阿彪面前，揪著他頭髮，令他仰頭看著自己。

「不是我……」阿彪嚇得眼淚都淌了下來，喃喃說：「我……我只有罵人而已，真的、真的……老先生，我知道錯了……」

「不是你啊……」伶伶放開阿彪，繼續繞圈，接連問過幾人，突然問：「是不是少了一個人啊？有人沒來？」

「是……是魏哥。」聽仔顫抖地舉手，說：「魏哥是我們的老大，是紅車的主人，也是魏哥……帶頭逼車的。」

「對！是魏哥叫我們打人的。」

「後來也是魏哥叫保全去打老先生的。」

「我們是魏哥小弟，魏哥叫我們做什麼我們就做什麼……」

「大家冷靜點。」文孝晴的聲音，從眾人手機中響起。「也就是說，主嫌是魏哥，魏子豪，沒錯吧。」

「沒錯……」所有人又磕起頭。

「所以魏哥必須付出代價。」文孝晴說：「不然，受害者一家三口的怨氣，無處可去，只能發洩在你們身上了。」

文孝晴這麼說的時候，十五人顫抖得更激烈了，他們跪地低伏著頭，不敢瞧伶伶正臉，卻瞥見伶伶身上不停淌下鮮血，一道道鮮血蜿蜒漫流，甚至流過他們跪地雙腿，有些人索性閉起眼睛，但鼻端依舊嗅到濃濃的血腥味。

「師父！」阿彪帶頭說：「我……我自首可以嗎？去警局自首，然後告發魏哥，這樣……老先生老太太，會原諒我嗎？」

「可能會，也可能不會。」文孝晴說：「我個人覺得，如果只是這樣，可能還不夠。」

「不……不夠？」聽仔哭喪著問：「那我們到底該怎麼做？」

「只拿這件案子辦魏子豪，魏子豪根本不痛不癢，他請得起一整隊大律師替他辯護，就算真把他送進牢裡，沒幾年就放出來了，換成是你們的家人被這樣欺負、糟蹋到死，你們甘願嗎？」文孝晴說：「魏子豪還有沒有其他沒被揭發的案子？名下財產有沒有問題？背後到底是誰在挺他？總之，你們多講點關於魏子豪的事，最好是他不想讓人家知道的小祕密，讓可憐的老先生和老太太跟那位可憐的年輕人，更了解你們魏哥，方便他們找他算帳啊。」

「什麼……」大夥兒聽文孝晴這麼說，忍不住抬起頭，你看看我我看看你，但看見「老先生」瞥向自己時，又趕緊低下頭，

「我知道，魏哥前兩個月打過人！」阿彪再次帶頭舉手。「好像是……有個

怪人跑到他家，被他家保全揍得很慘，兩條腿還被他家那條鬥犬咬得稀巴爛，到現在人都還躺在醫院，聽說兩隻腳都截肢了，好像是因為那條狗咬得太狠，加上拖了很久才送醫，傷口嚴重感染……」

「嗯，沒死算他命大。」文孝晴微笑說：「有證據能證明魏子豪有動手嗎？」

「好像沒有……」阿彪搖搖頭——其實這件事前因始末，文孝晴比阿彪還要清楚，畢竟當晚伶伶和倫倫目睹整段過程——當晚魏子豪騎在劉國隆身上狂揍一輪，直到累了，這才氣喘吁吁地打電話給律師，問這樣毆打一個闖進他家的瘋子是不是沒事，沒事的話，他想休息一會兒再去多打幾拳。

在律師指點下，魏子豪差人往劉國隆臂上打了點K他命，然後報警，稱有嗑藥嗑昏頭的毒蟲，闖進他家想偷他的狗，結果被狗咬傷。

事後警察調查，幾名保全坦承動手毆打劉國隆，而主子魏子豪從頭到尾都在臥房睡覺，什麼都不知道。

一個保全說，魏子豪平常很照顧大家，無分尊卑，大家累了可以進他家休息，甚至洗澡，當晚他準備輪班上工，剛洗完澡，聽見外頭同事求救，這才隨手抓著魏子豪的浴袍套上，衝出去幫忙抓怪人，情急之下下手重了，他也感到非常抱歉。

「還有沒有其他小祕密，例如吸毒什麼的？」文孝晴問。

「有……」大夥兒心虛地點點頭，他們之中一半以上，都陪魏子豪吸過。

「魏子豪背後到底有誰給他撐腰，網路上有人說魏子豪爸爸，過去是黑牛幫重要人物；魏子豪也是黑牛幫底下一個堂口的堂主。」文孝晴這麼問：「有沒有人知道？」

「這很多人都知道啊……」

「魏哥老爸以前是牛老爺子愛將，替牛老爺子管錢的，也幫牛老爺子賺了很多錢，所以魏哥老爸死後，牛老爺子很疼魏哥。」

「魏哥跟我們都是黑牛幫紅堂的，我們在外面叫他老闆、私下叫他老大……」

「不過我聽說魏哥老爸曾經跟幫中幾個叔叔伯伯起過爭執，好像是跟錢有關……」

「喔，那件事我聽說過！魏哥老爸雖然幫牛老爺子賺了不少錢，但也會偷偷把錢放進自己口袋，有次鬧太大，黑牛幫裡幾個叔叔伯伯聯名向牛老爺子告狀，但是被牛老爺子擺平，好像要魏哥老爸簽下借據，當成是他向『公司』借的錢，以後慢慢還，但後來好像也沒還……」

「哦？還有這回事。」文孝晴聽到這裡，一面在筆電上打字筆記，整理著魏子豪背後勢力間的利益糾葛。

眾人口中的「牛老爺子」，是黑牛幫的創幫老大，高齡八十九，十餘年前就退休了，其餘同輩元老，如今只剩牛老爺子健在。

最近剛上任的幫主海龜五十幾歲，輩分比魏爸爸低了一輩，與三十出頭的魏子豪算是平輩——這是因為魏爸爸老來得子，因此魏子豪年紀輕輕，卻與創幫第一代元老們那批接班兒子們平起平坐。

魏爸爸年輕時眼光精準，幫牛老爺子管錢、指點牛老爺子投資，替牛老爺子賺了不少，自己也私吞不少，令幫中其他兄弟們眼紅不已。有次吞得太過火，令幫中兄弟群起抗議，牛老爺子為了安撫大家，這才逼魏爸爸簽下借據，收進「公司」保險庫，稱那些被魏爸爸收進口袋裡的錢，都是向公司借的，將來要還的。

只是事後牛老爺子沒討，也沒人敢開口向魏爸爸催，那件事也不了了之。

□

「兩週後，牛老爺子九十大壽。」謝初恭托著手機，瞧著文孝晴剛剛敲進雲端筆記本裡的記事，他見「壽宴」二字，不但加上了引號，還以粗體標示，便問：「妳想趁牛老爺子壽宴教訓魏子豪？」

「對，不過……」文孝晴闔上筆電，下車來到山路邊，居高臨下望著底下雜貨店外空地。剛剛阿彪等人下山前，還不忘將現場收拾乾淨。

「不過什麼？」謝初恭來到文孝晴身旁，見她皺眉望著底下雜貨店，便將望遠鏡遞給她。「妳想看什麼？」

文孝晴接過望遠鏡，湊在眼前細瞧半晌，微笑說：「真的來了。」

「什麼來了？」

「一家三口。」

「什麼？」謝初恭呆了呆。「妳是說……被害人的亡魂？」

「對。」文孝晴點點頭，轉身返回車上，催促謝初恭上車。「載我下去，我想和他們聊聊。」

「妳想和他們聊什麼？」

「我想幫助他們參與這件案子。」文孝晴笑說：「不然像是我在欺騙阿彪一樣。」

「你是在騙他沒錯啊。」

「我其實是想幫他——在他做出更爛更壞、更傷天害理百倍的事情之前，讓他知道，有些事情不能做，做了的話，這輩子都翻不了身。」

謝初恭載著文孝晴來到雜貨店前，文孝晴下車走向雜貨店，向茫然失神的一家三口微笑打招呼，和他們說話。

謝初恭縮在駕駛座，被自後現身的伶伶嚇了好大一跳。

「孝晴姊想幹嘛？」伶伶問。

「她說……」謝初恭說：「如果一家三口還沒恢復記憶的話，那她會幫他們想起受害經過，教他們一些簡單的把戲，像是妳剛剛現身嚇我一樣。」

「孝晴姊還會教鬼這些事？」

「她說她也不知道自己能不能教會他們，如果教不會的話，她就帶他們去黃老仙家，有黃老仙跟江姊指點，那肯定是學得會了。」

「孝晴姊想讓受害一家三口親手報仇？」

「好像是。」謝初恭說：「如果我是老先生，有人這樣欺負我太太跟我兒子，我應該很樂意拜阿晴為師，學習鬼上身技巧。」

□

兩週後傍晚。

大快樂海鮮酒樓停車場停滿了奢華豪車。

黑牛幫精神領袖牛老爺子，在幫主海龜攙扶下入座主桌。

同坐主桌一票男人全是黑牛幫各個堂口堂主，都五、六十歲，大多是當年那批創幫元老的兒子。唯獨魏子豪，只三十出頭，穿著一身艷紅似火的皮衣，和幫主海龜分別坐在牛老爺子左右。

「小魏，我說你啊，最近搞太多事了吧，電視打開全是你的新聞吶。」綠堂堂主哼哼地說。

「不好意思，人紅是非多。」魏子豪捧著酒杯起身，敬過眾人，一口喝乾，然後深深一鞠躬。「各位叔叔伯伯對不起，我不該惹事生非，我發誓我會改！」他說完，不等大家答話，又拿起酒瓶替自己斟滿一杯，轉身向牛老爺子一敬。「這杯敬牛老爺子——」

「哈哈哈，好！」牛老爺子呵呵一笑，也舉起酒杯淺淺一抿——當年一票兄弟之中，他本便偏心魏爸爸，加上自己兒子死得早，沒有孫子，便將魏子豪當成了孫子，從小疼到大。「我就說子豪懂事，電視上那些東西，都是記者亂編亂寫，你們不能當真吶。」

「……」黃堂堂主冷笑一聲，對牛老爺子說：「牛老爺子，就怕小魏只在你面前懂事，回自己地盤，又原形畢露了。」

「不會不會——」魏子豪諂媚地舉起酒杯，又向眾堂主敬了一杯。魏爸爸留給他的連鎖車行和幾間公司，都有專人打理。他平常閒來無事，就愛帶著一票小弟鬼混，他從小到大唯一的長處，就是懂得討牛老爺子開心，以及在幫中大老面前裝乖孩子。「之前真的是我不好，我保證不再犯了。」

白堂堂主舉酒回敬，嚷嚷說：「今天是牛老爺子九十大壽，你們別提那些有的沒的，開心吃飯，替牛老爺子祝壽就好！」

白堂堂主是幫中除了牛老爺子和海龜之外的第三號人物，他開了口，其他人也不好再繼續針對魏子豪，大家紛紛舉杯敬牛老爺子，還一一喊來自己的子女，抱著各種精心準備的禮物，向牛老爺子祝壽。

魏子豪尚無子嗣，卻也精心挑選了要送給牛老爺子的禮物，他高高揚起手，向遠處紅堂那桌彈了幾記響指。

阿彪和聰仔立時起身，一個從桌下捧出一隻拳頭大的金牛，一個從袋中提起一只金光閃閃的保溫杯，匆匆趕往主桌。

魏子豪站起身，高聲說：「牛老爺子，這是子豪精心為您準備的生日禮物，一隻大金牛，跟手工打造的黃金保溫杯——杯子當然是不鏽鋼啦，但是外面包了一層純金片，上頭雕著您老人家當年聽說我剛出生，專程趕來醫院探望我，抱著我和我爸爸的合照呢！」

「哈哈哈，我抱著你呀，拿來我看看。」牛老爺子笑著朝聰仔招手，像是催促他們快點，好讓他快點瞧瞧保溫杯上的雕刻相片。

「保溫杯裡是牛老爺子您最愛的蔘茶。」魏子豪伸手，準備接下保溫杯。

「我特地請人燉的……」

聰仔左腳絆著右腳，將保溫杯連同杯中滿滿蔘茶，全灑在魏子豪身上。

「……」魏子豪雙手猶自伸著，呆立原地，愕然望著自己艷紅皮衣上大片蔘茶。

聰仔驚慌失措地撿回保溫杯，用自己的衣服擦拭。

「沒關係沒關係，子豪沒燙著吧，人沒事就好。」牛老爺子笑呵呵地向聰仔伸出手，接過保溫杯，對魏子豪說：「你出生那天，我還記得，好多年前的事啦——啊呀，你先去廁所把衣服整理整理，我自己看這杯子。」

「是。」魏子豪吸了口氣，大步走向廁所，還回頭瞪了聰仔一眼。

「老大……」聽仔急急跟了上去。

兩人一前一後走向廁所，走過廊道轉角，還沒進廁所，魏子豪就忍不住回頭，揪住聽仔衣領，揚手對著他的臉，一口氣就是四記連環巴掌。

「牛老爺子九十大壽，你給我搗蛋？」他惡狠狠地瞪著聽仔，低聲斥責，然後又舉起手，像是打不過癮。

「爸爸——」聽仔殺豬般尖叫起來：「爸爸！救我！子豪哥打我！」

「啊？你叫我爸爸？」魏子豪呆愣愣地望著被他揪著衣領的聽仔，隱隱覺得聽仔此時身形，似乎比過去的聽仔小了好幾號。

仔細一看眼前這聽仔長相，似乎也和印象中的聽仔有點不太一樣。

髮型也不一樣，之前的聽仔是短髮，眼前這個聽仔是及肩長髮。

連味道也不一樣，之前的聽仔一身菸味，眼前這個聽仔，香香的。

之前的聽仔，醜得跟鬼一樣，眼前這個聽仔，怎麼越看越漂亮？

這個聽仔，不是聽仔，到底是誰？

□

魏子豪睜開了眼睛，驚恐坐起，發覺自己坐在病床上，四周橫看豎看，都是醫院，而不是壽宴大廳，不久之前的牛老爺子、賓客、美酒、佳餚，通通不知去向。

「怎麼回事？為什麼我……」他只覺得頭臉有好幾處地方疼得難受，他伸手摸摸臉頰，鼻骨似乎斷了、嘴唇也裂了，連門牙都缺了一顆。「好痛……我受傷了？啊？等等，我想起來了，是李哥打的？為什麼？」

就在他撫摸鼻子時，腦袋裡瞬間過一個畫面——

白堂李堂主，凶悍揪著他的衣領，重重往他臉上摜來一拳。

「為什麼李堂主打我？還是我喝醉記錯了？不可能啊，那時我明明才剛喝兩杯，哪有這麼快醉……」他喃喃自語，想要下床，突然驚覺他的左手，被銬在病床欄杆上。「怎麼回事？為什麼我被手銬銬著！操！是誰銬著我？」

一名護理師進房瞧了瞧，立刻退出房外，氣得魏子豪三字經連罵不休。

數分鐘後，兩名男人走進病房，對著魏子豪展示刑警識別證，冷笑說：「大紅人，你真的很會搞事，膽大包天啊你！剛吸完K就跑去參加老大哥壽宴？還涉嫌傷害未成年人。你千萬別否認喔，醫院幫你抽血檢查過了。」

「放屁！什麼剛吸完K就去參加壽宴……我明明是前兩天吸的！」魏子豪大叫：「對，我吸K，怎樣！三級而已嘛，又不是沒被抓過！罰錢？上課？來啊！銬著我幹嘛？不放開我怎麼提錢繳罰款給你們啊？快放開我，我要打電話給我律……」他叫囂到這裡，突然停下，氣呼呼說：「等等，你剛剛說什麼？我傷害未成年人？我傷害誰了？」

「你嗑到茫啦？不記得你有打人？」兩名刑警先後說：「你打人巴掌，把人家臉都打腫了！」

「操！」魏子豪高聲大笑。「我打的是我小弟聰仔，徐明聰！什麼未成年人，他看起來像未成年嗎？哈哈哈！」

「徐明聰？那小女生叫徐明聰嗎？」刑警交頭接耳。

「什麼小女生？我什麼時候打小女生了？」魏子豪大叫：「幹你們眼瞎啦，聰仔看起來像女的嗎？」他說到這裡，猛然一愣——彷彿想起「聰仔」被他揪著衣領甩巴掌的畫面。

當時的他，只漸漸覺得眼前的「聰仔」似乎不像是聰仔；但現在的他，回想起當時情景，猛地認出那個「聰仔」，確實不是聰仔。

那是白堂李堂主的女兒，才十六歲。

他猛地倒抽一口冷氣，登然醒悟剛剛竄過眼前那個李堂主憤怒朝他揮拳的畫面的原因了。

「為什麼？」魏子豪無法理解，為何自己會將李堂主女兒，看成是聰仔，當時明明是阿彪和聰仔，帶著他準備好的禮物……等等，不對！

他想起來了，他根本沒有替牛老爺子準備禮物。

他只是隨意吩咐小弟幫他挑個貴一點的金飾就行了，他甚至沒有仔細看小弟挑回的禮物究竟是牛還是其他動物，而金牛和保溫杯，其實是白堂準備的禮物，保溫杯上的合照，是牛老爺子抱著李堂主女兒剛出生時的照片。

「我想起來了、我想起來了！」魏子豪抓臉尖叫，一段更真實的記憶，漸漸取代了前面那段有點虛假的記憶——他參加壽宴這幾天，渾渾噩噩、忘東忘西，甚至連壽宴的日期都記錯了，因此在壽宴前一晚還在開趴，喝酒吸K直到清晨。

中間完全沒有人提醒他時間日期，直到他昏睡到下午，這才被小弟搖醒，替他更衣、送他赴宴。

他一點也不像假記憶裡那樣談吐得體，一副乖寶寶的模樣，而是一臉呆滯，半句話都不說，甚至不理同桌堂主敬酒，連牛老爺子的問候都相應不理。

李堂主的女兒捧著保溫杯走來，打翻在他身上。

他二話不說，臭著臉起身，往廁所走去。

李堂主的女兒似乎是聽從爸爸的指示，趕來向他道歉，卻被他揪著領口重賞四記耳光，打得半邊臉高高腫起。

所以李堂主氣急敗壞地領著白堂弟兄趕來，揪住他痛打一頓。

至於紅堂那桌小弟，則一個個悶著頭喝酒吃菜，彷彿對老大被圍毆這件事，充耳未聞。

「怎麼會這樣？為什麼？」魏子豪大口喘氣，不明白為什麼自己會有兩種記憶，且比較可怕的這個記憶，似乎才是真的，那先前那段假記憶，到底是從哪兒冒出來、鑽進他腦袋裡的？

他自然不會知道，那段假記憶，是從掛在他頸子上那截大腸裡冒出來的。

就在他錯愕之際，一段更可怕的記憶浮現了。

牛老爺子趕來勸架，拉起他時，被他一巴掌打倒在地。

這段記憶，瞬間轉化成巨大的恐懼，幾乎要令他窒息了，他撫著胸口，不住喘氣，連「為什麼」都說不出來了。

「你發完瘋啦？該輪到我說話了吧。」一名刑警冷笑搖頭，說：「魏先生，你除了在壽宴上傷害未成年人之外，還涉嫌另外幾起公共危險罪、教唆傷人、藏毒，以及大大小小十幾件案子——你十幾個手下，剛吃完壽宴就跑去警局自首兼告發你……」

「律師……我要找律師……」魏子豪從床邊小櫃上，找著手機，撥給幫他解決無數官司的律師事務所裡那王牌大律師。「喂！陳律師，我魏子豪，我跟你說，你現在來醫院一趟，我在……」

他話還沒說完，就被那王牌大律師打斷了話，告訴他，從現在開始，他們事務所，不再接魏子豪的案子。

魏子豪怒問為什麼。

王牌大律師反問他難道自己不知道嗎？

魏子豪其實知道，且是剛剛才知道，這家王牌事務所，幾乎是黑牛幫的御用事務所，而他剛剛才想起自己痛扁黑牛幫三把手李堂主的女兒，被李堂主落人痛毆一頓。

甚至，以往最疼愛他的牛老爺子來解圍時，卻被他打倒在地。而他連自己為什麼動手都不記得了。

「牛老爺子現在還在加護病房，他老人家九十歲了，你好樣的……」王牌大律師說話時，像是也壓抑著怒火。跟著，緩緩對魏子豪說，他即將代表黑牛幫，向魏子豪索討一筆高達數億的債務。這件案子，是海龜一小時前，聯合黑牛幫數名堂主，聯名委託事務所處理的案件。

這筆債，魏子豪以前曾聽爸爸提起過，那時爸爸胸有成竹地對他說，牛老爺子挺他們家，絕對不會向他們追討這筆債。

然而以前是以前，現在是現在……

魏子豪癱坐在病床上，彷彿連繼續聽電話的力氣都消失了。

他這輩子從來沒有這麼無力過。

他從出生就是一條大鯨魚，三十年來橫衝直撞，想怎樣就怎樣。

他從來都不知道當隻小蝦米是什麼滋味。

接下來，他有很長很長的時間可以享受這種滋味了。

錢、靠山、小弟、自由……通通都將離他而去。

然而此時此刻的魏子豪，或許還沒發覺即便處境變成了這樣，卻還不是最糟糕的時刻，最糟糕的時刻還沒有到來——現在的他，還看不見佇在他病床旁那陰鬱的一家三口。

因為一家三口道行還十分薄弱，剛剛在壽宴上，他們好不容易全擠進魏子豪身子裡，父母加上兒子同心協力，對著牛老爺子搧出那記將大鯨魚打成小蝦米的一巴掌，已經耗盡他們一家三口全部的力氣了。

現在他們虛弱無力，沒辦法動魏子豪一根寒毛，但不要緊，來日方長，他們會一直陪在他身邊，慢慢修煉道行，最起碼也得修煉到能夠在魏子豪面前驚悚現身。

到那時候，這位總是自稱強者、自稱贏家的魏子豪，會是什麼表情呢？

「魏子豪，我當人鬥不過你，只好變鬼去找你啦，你給我等著！」

魏子豪猛地一顫，似乎聽見有人對他說話，他左顧右盼，但病房裡除了兩位刑警，再無其他人了。

《通靈事務社2：還沒找到狗狗》完

Epilogue
後記

這本故事是通靈事務社三部曲中的二部曲。

舉凡有描述「對抗」這種元素的故事裡，雙方強度設定，常是寫作時頗為有趣的一點——強對強、強對弱、弱對弱、弱對強，再加上各式各樣的天時地利人和加成之後，可以交織出許許多多的組合與變化。

文孝晴與鬼之間的對抗，是我過去從未嘗試過的力量差距。

即便是《太歲》裡的二郎神、《乩身》裡的太子爺、《日落後長篇》的伊恩……等在故事中近乎無敵的角色，也會碰上旗鼓相當的對手，二郎神戰槍鬼，太子爺打第六天魔王，伊恩鬥硯先生。

但《通靈事務社》裡的文孝晴，在靈界朋友眼中，幾乎是另一次元、根本無法與之抗衡的角色。

這樣的角色對我而言是十分新鮮且有趣的，既然沒有鬼能夠對抗她，那麼只能安排人和事件來試著攔阻她了——當然我也明白，在文孝晴不但本身無敵，且擁有伶伶、倫倫、江姊這些幫手的情況下，即便是人和事件，其實還是很難令她吃鱉、把她欺負到哭出來說「我投降了」這樣的話。

但這就是通靈事務社的特有調性——老娘就是無敵，怎樣！

就好比炎炎夏日許多人會想吃剉冰而不是麻油雞、冷冽寒冬中想吃火鍋而不是冰豆花，這是一種人們基於當下環境和心情，所產生的「現在比較想吃什麼東西」的需求。

我相信身處在這個有時會感到無力的時代裡，某些時刻我們確實會想嚐嚐這種口味的甜點——通靈事務社無敵且熱心，收費又低廉，幫你賣房子、幫你接收不要的衣櫃、幫你找狗狗、幫你調解男女糾紛、把你從遊戲世界裡救出來、在你被欺負得很慘時，全力幫你討回公道……你我身邊如果出現擁有這種能力的朋友，實在是太棒了——但世界上根本沒有這麼厲害的人啊！

那就來看故事吧，這正是故事存在的意義與價值之一，不是嗎？

最後可能有些讀者會覺得這次書名「還沒找到狗狗」看起來有些奇怪，但這是這部三部曲故事裡的最後一個伏筆，答案很快就會揭曉，請大家準備妥零食飲料，準備迎接通靈事務社的最終章。

2023/6/16 於桃園龜山

星子

國家圖書館出版品預行編目資料

通靈事務社. 2, 還沒找到狗狗/星子(teensy)著. --
初版. --臺北市：蓋亞文化有限公司, 2023.09
面； 公分. -- (星子故事書房；TS035)

ISBN 978-986-319-933-5((第2冊：平裝)

863.57 112012294

星子故事書房 TS035

通靈事務社 2：還沒找到狗狗

作　　者 星子
封面插畫 Nofi
封面裝幀 莊謹銘
責任編輯 盧韻亘
總 編 輯 沈育如
發 行 人 陳常智
出 版 社 蓋亞文化有限公司
地址：台北市103大同區承德路二段75巷35號
電話：02-2558-5438 傳真：02-2558-5439
電子信箱：gaea@gaeabooks.com.tw
投稿信箱：editor@gaeabooks.com.tw
郵撥帳號 19769541 戶名：蓋亞文化有限公司
法律顧問 宇達經貿法律事務所
總 經 銷 聯合發行股份有限公司
地址：新北市新店區寶橋路二三五巷六弄六號二樓
電話：02-2917-8022 傳真：02-2915-6275
港澳地區 一代匯集
地址：九龍旺角塘尾道64號龍駒企業大廈10樓B&D室
電話：+852-2783-8102 傳真：+852-2396-0050
初版一刷 2023年09月
定　　價 新台幣299元
Published and printed in Taiwan

GAEA
ISBN／978-986-319-933-5

GAEA

Gaea

GAEA

GAEA